共和国故事

大道朝天
——全国私营经济迅猛发展

郑明武　编写

吉林出版集团股份有限公司

图书在版编目（CIP）数据

大道朝天：全国私营经济迅猛发展/郑明武编．—长春：吉林出版集团股份有限公司，2009.12

（共和国故事）

ISBN 978-7-5463-1775-5

Ⅰ．①大… Ⅱ．①郑… Ⅲ．①纪实文学－中国－当代 Ⅳ．①I25

中国版本图书馆CIP数据核字（2009）第236801号

大道朝天——全国私营经济迅猛发展

DADAO CHAOTIAN　　QUANGUO SIYING JINGJI XUNMENG FAZHAN

编写　郑明武

责任编辑　祖航　宋巧玲

出版发行　吉林出版集团股份有限公司

印刷　三河市嵩川印刷有限公司

版次　2010年1月第1版　　　2022年1月第9次印刷

开本　710mm×1000mm　1/16　　印张　8　字数　69千

书号　ISBN 978-7-5463-1775-5　　定价　29.80元

社址　吉林省长春市福祉大路5788号

电话　0431-81629968

电子邮箱　tuzi8818@126.com

版权所有　翻印必究

如有印装质量问题，请寄本社退换

前　　言

　　自1949年10月1日中华人民共和国成立至今,新中国已走过了60年的风雨历程。历史是一面镜子,我们可以从多视角、多侧面对其进行解读。然而有一点是可以肯定的,那就是,半个多世纪以来,在中国共产党的领导下,中国的政治、经济、军事、外交、文化、教育、科技、社会、民生等领域,都发生了深刻的变化,中国人民站起来了,中华民族已屹立于世界民族之林。

　　60年是短暂的,但这60年带给中国的却是极不平凡的。60年的神州大地经历了沧桑巨变。从开国大典到60年国庆盛典,从经济战线上的三大战役到经济总量居世界第三位,从对农业、手工业、资本主义工商业的三大改造到社会主义市场经济体制的基本确立,从宜将剩勇追穷寇到建立了强大的国防军,从废除一切不平等条约到独立自主的和平外交政策,从"双百"方针到体制改革后的文化事业欣欣向荣,从扫除文盲到实施科教兴国战略建设新型国家,从翻身解放到实现小康社会,凡此种种,中国人民在每个领域无不留下发展的足迹,写就不朽的诗篇。

　　60年的时间在历史的长河中可谓沧海一粟。其间究竟发生了些什么,怎样发生的,过程怎样,结果如何,却非人人都清楚知道的。对此,亲身经历者或可鲜活如昨,但对后来者来说却可能只是一个概念，对某段历史的记忆影像或不存在，或是模糊的。基于此，为了让年轻人，特别是青少年永远铭记共和国这段不朽的历史，我们推出了这套《共和国故事》。

《共和国故事》虽为故事，但却与戏说无关，我们不过是想借助通俗、富于感染力的文字记录这段历史。在丛书的谋篇布局上，我们尽量选取各个时代具有代表性或深具普遍意义的若干事件加以叙述，使其能反映共和国发展的全景和脉络。为了使题目的设置不至于因大而空，我们着眼于每一重大历史事件的缘起、过程、结局、时间、地点、人物等，抓住点滴和些许小事，力求通透。

历史是复杂的，事态的发展因素也是多方面的。由于叙述者的视角、文化构成不同，对事件的认知或有不足，但这不会影响我们对整个历史事件的判断和思考，至于它能否清晰地表达出我们编辑这套书的本意，那只能交给读者去评判了。

这套丛书可谓是一部书写红色记忆的读物，它对于了解共和国的历史、中国共产党的英明领导和中国人民的伟大实践都是不可或缺的。同时，这套丛书又是一套普及性读物，既针对重点阅读人群，也适宜在全民中推广。相信它必将在我国开展的全民阅读活动中发挥大的作用，成为装备中小学图书馆、农家书屋、社区书屋、机关及企事业单位职工图书室、连队图书室等的重点选择对象。

编　者

2010 年 1 月

目录

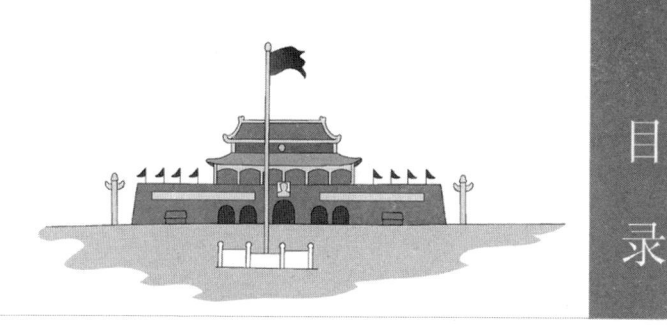

一、初步放开

中央决定转变工作重心 /002

中央允许私营经济发展 /006

私营经济迅速复苏 /010

邓小平支持私营经济 /013

第一个民营研究所成立 /018

中央放开雇用人数限制 /021

第一个私企执照诞生 /024

中国涌现下海经商热潮 /031

陈泽民创办三全食品 /033

下海商人不断创造神话 /040

二、曲折前进

党中央认同私营经济 /050

把私营经济写入宪法 /054

各级政府支持私营经济 /059

私营经济开始蓬勃发展 /064

私营企业异军突起 /067

私营经济再次引发争论 /071

目录

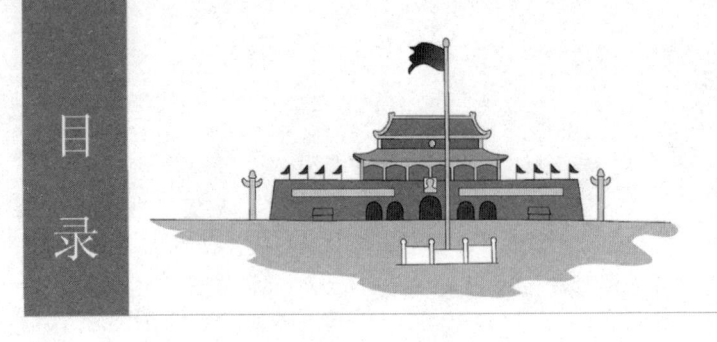

"皇甫平"发文支持改革/078

中央领导支持私营经济/085

三、迅猛发展

邓小平南行支持改革/090

私营经济地位进一步提升/095

各地积极发展私营经济/098

中国再次涌现下海经商潮/105

周卫军毅然扔掉铁饭碗/113

一、初步放开

- 叶剑英明确地说:"目前在有限范围内继续存在的城乡劳动者的个体经济,是社会主义公有制经济的附属和补充。"

- 邓小平在中央顾问委员会第三次全体会议上讲话说:"前些时候那个雇工问题,相当震动呀,大家担心得不得了。让'傻子瓜子'经营一段,怕什么?伤害了社会主义吗?"

- 魏玉明在办公室里向姜维宣布:"你要办的私营公司经国务院批准,可以同港商合资。"

中央决定转变工作重心

1978年11月初,首都北京的气温开始由凉转冷,一时间,大街小巷的树木仿佛被染上了秋的颜色,或红或黄,煞是美丽。

11月10日,在这个诗一样美的季节里,中央工作会议在北京京西宾馆隆重举行。

参加这次会议的有各省、自治区、直辖市和各大军区的主要负责人,有中央党、政、军各部门和群众团体的主要负责人,共213人。

于是,这个一向宁静的,被誉为中国"最安全的宾馆"和中国"会场之冠"的京西宾馆,突然之间热闹了起来。

中午过后,京西宾馆门前一辆辆汽车送来了与会的同志,党和国家的主要领导人几乎全部聚集到这里来了。

这次会议为党的十一届三中全会的召开做了充分的准备,是启动国家伟大的历史性转折的一次极其重要的会议。

实现党的工作重心的转移,是参加这次会议全体人员的共同愿望,是大家都同意的。但是,以什么作为指导实现工作重点转移的方针,却有不同意见。

11月12日,时任全国人大常委会副委员长的陈云,在中央工作会议上东北组发言时,针对党的历史上的若干重大问题提出新看法。

陈云铿锵有力地说:

> 我完全同意中央从明年起把工作着重点转到社会主义建设上来!

陈云的意见获得与会同志的热烈响应,会议气氛马上活跃起来。更重要的是,陈云的发言还提示人们,要解决历史上遗留下来的重大问题,要有一种解放思想,实事求是,敢于冲破禁区的精神。

12月13日,在中央工作会议闭幕式上,邓小平作了题为《解放思想,实事求是,团结一致向前看》的重要讲话。

在讲话中,邓小平高度评价了持续半年多的真理标准大讨论。他强调,解放思想是当前的一个重大的政治问题,不打破思想僵化,不大大解放干部和群众的思想,四个现代化就没有希望。

更引人注目的是,邓小平在这个重要讲话中,主张让一部分人和一部分地区先富起来。

他说:

> 要允许一部分地区,一部分企业,一部分工人、农民,由于辛勤努力成绩大而收入先多

一些，生活先好起来。

　　一部分人生活先好起来，就必然产生极大的示范力量，影响左邻右舍，带动其他地区、其他单位的人们向他们学习。

　　这样，就会使整个国民经济不断地、波浪式地向前发展，使全国各族人民都能比较快地富裕起来。

　　邓小平这一观点的提出，打破了长期以来平均主义泛滥所导致的效率低下和普遍贫穷的状态，激发了国民创造财富的欲望，给国民经济发展注入了新的动力，同时也为日后私营企业的发展创造了极为重要的政策环境。

　　中央工作会议原计划在13日举行闭幕式之后应该结束，但与会者认为邓小平的讲话非常重要，纷纷要求延长两天学习讨论。

　　就这样，中央工作会议于12月15日结束。

　　中央工作会议结束后第三天，具有巨大转折意义的党的十一届三中全会召开了。

　　由于中央会议做了充分准备，党的十一届三中全会从12月18日到22日，只开了5天，就圆满完成了各项议程。

　　12月22日，党的十一届三中全会通过了全会公报。公报郑重宣布：

全党工作的着重点应该从 1979 年转移到社会主义现代化建设上来。

这一重大决策，解决了从 1957 年以来没有解决好的工作重点转移问题，这是党在政治路线上最根本的拨乱反正。全会毅然抛弃了"以阶级斗争为纲"，提出把全党的工作重心转移到经济建设上来。

党的十一届三中全会公报虽然没有直接提及私营经济问题，但是已经把改革开放的大门打开。沿着这个方向发展，私营经济复苏将是题中应有之义。所以，随着党的十一届三中全会召开，饱受歧视和摧折的中国私营经济也迎来了破土而出的春天。

党的十一届三中全会后，一种活跃的气氛，一种改革的期待，从中国社会的方方面面不可阻挡地升了上来。那些"偷偷摸摸"干着个体的小生意人，此时也似乎吸到了氧气。

不错，一种生气勃勃的大氛围使他们开始有了新的希望。

● 初步放开

中央允许私营经济发展

1979年初，十一届三中全会后的中国，再次迎来了发展的春天。此时，各行各业都面临着很多问题，其中尤以私营经济领域最为严重，改革已势在必行。

原来，在1956年完成对资本主义工商业的改造后，私营经济在中国几乎绝迹。

1977年，邓小平复出后，随着私营经济政策的逐渐放松，各种私营经济开始有恢复的迹象。

1977年2月，国家工商行政管理局向中央作出报告：

> 各地可以根据当地市场需要，在取得有关业务主管部门同意后，批准一些有正式户口的闲散劳动力从事修理、服务和手工业等个体劳动，但不准雇工。

这是20世纪70年代以来，党中央、国务院批准的第一个有关个体经济的报告。

这个报告在具体工作的指导方针上、在实践方面实现了突破。

党的十一届三中全会之后，中央调整政策，改变了以前强迫城市知识青年上山下乡的做法，允许中学毕业生留在城市升学和就业。同时，放松了上山下乡知识青年只有因病、因家庭困难才可以返回城市的限制。

那些留在遥远的农村务农，与家人分别多年的大批城市知识青年从政策变化中看到了希望，想尽各种办法要求回城。

紧接着，全国就出现了千万知青大返城现象。这么多人一下子拥回城市，第一个压力就是就业问题。

面对就业压力，各地都采取了不少措施，但仍然解决不了如此庞大的待业队伍的需求。

很多待业青年成了新游民，闲散在家，也对社会安定造成隐患。更为严重的是，一些人无事生非，打架斗殴，导致犯罪事件增长。

1979年7月20日，时任国家计委顾问的著名经济学家薛暮桥，面对如此严重的就业问题，就在《人民日报》发表了他就如何解决城镇就业问题的一篇长篇文章，文章题目是《广开就业门路必须改变劳动管理制度》。

在文章中，薛暮桥提出要广开就业门路。他说：

> 宪法规定允许"从事法律许可范围的，不剥削他人的个体劳动"，这一条也应当实行。最近北京市崇文区在搞试点，据说很有效果。现在城市中不但集体所有制还要提倡，连个体劳动，如游街串巷的磨刀、补鞋也不应当完全砍光。

这是20世纪70年代第一个在中央党报上发表的支持个体经济的文章。

由于薛暮桥在中央政府和经济学界长期担任重要职务，再加上这个文章又是在《人民日报》发表，所以具有相当大的权威性。

当然，薛暮桥文章中为个体经济所做的辩护，绝不仅仅是为解决就业问题提出的权宜之计。

这篇文章在理论问题上冲破了禁区，产生了很大影响。

9月29日，在庆祝中华人民共和国成立30周年的大会上，叶剑英明确地说：

> 目前在有限范围内继续存在的城乡劳动者的个体经济，是社会主义公有制经济的附属和补充。

终于，中国向私营经济紧关的大门开了一条缝，于是，沉寂了20多年的私营经济开始复苏了。

一时间，在大小城镇的街道巷子里，出现了修车的、修鞋的、补锅的、裱画的、做衣服的、开小饭馆的……胆子大的人先干起来了。

到1979年底，个体户发展到31万人，比1978年的14万人增长了一倍多。

1980 年 9 月，中共中央召开各省、自治区、直辖市党委第一书记座谈会，形成《关于进一步加强和完善农业生产责任制的几个问题》的会议纪要。

文件指出：

> 要充分发挥各类手工业者、小商小贩和各行各业能手的专长，组织他们参加社队企业和各种集体副业生产；少数要求个体经营的，经过有关部门批准，与生产队签订合同，持证外出劳动和经营。

在这些背景下，从那时起，我国的个体经济如雨后春笋般发展了起来，并在极短的时间内迅速成长。

私营经济迅速复苏

随着政策的逐渐放活,越来越多的人意识到"气候要变了"。与此同时,更有一些人勇敢地迈出了开创私营企业的第一步,尹盛喜便是这支勇者队伍里的一员。

尹盛喜 1938 年 10 月出生于山东肥城。1964 年到 1978 年,他在北京前门的大栅栏街道办事处工作。虽说职务并不显赫,但"旱涝保收"没问题。

在当时,在那个千万知识青年人人求职而不得的年代,这份"铁饭碗"还颇招人羡慕。

然而,不甘平凡的尹盛喜并没有过多地留恋这个"铁饭碗",他已经开始准备创业了。

1979 年,尹盛喜不顾社会的讥讽与亲朋的不解,毅然下海,领着几个待业知识青年,办起了北京大碗茶青年茶社。

尹盛喜从银行借了几千块钱,领着一拨儿待业青年,在北京前门、大栅栏一带露天摆几个摊,两分钱一碗,卖起了大碗茶。

喝大碗茶,乃是北方流行的习俗,它和福建工夫茶、广东早茶的细品慢咽不同,路边大壶冲泡,大碗畅饮,粗犷随意,提神解渴。一张桌子,若干粗瓷大碗即可。老百姓逛街渴了,来一碗大碗茶,咕咚咚喝下去很是畅快。

当然,大碗茶受欢迎的另一个理由就是便宜实惠,老百姓消费得起。所以,无论是车间工地、轮船码头,还是田埂树下、路边凉亭,大碗茶最有人缘。

尹盛喜平素能拉会唱,酷爱民乐,熟习书法,尤喜京剧、昆曲,下海选择中国特色的大碗茶,也符合他的个性。再说,这个选择是颇具市场眼光的。

当时的北京,远不如后来繁华多样,老字号林立的前门、大栅栏,差不多就是外地人首选的旅游景点和购物场所了。

在这里,每天人头涌动、摩肩接踵。烈日当头之际,劳累不堪的顾客自然会选择路边方便解渴的大碗茶,在这里摆摊卖大碗茶,真可以说是薄利多销。

创业之初,非常辛苦,骄阳似火,冲茶倒茶,伙计们两条胳膊如同流水线上的装瓶机似的没个停歇。汗流之际,不小心烫着胳臂和手指,更是家常便饭。

尹盛喜带着小青年,硬从这两分钱一碗的茶里头赚钱,实在不容易。同时,当时很多人对这类摆摊卖茶的"工作"很是看不起,认为这是"没档次""丢脸"。

经过尹盛喜等人的辛苦努力,北京大碗茶青年茶社变成了北京大碗茶商贸公司。

不久,大碗茶商贸公司投资创办了改革开放之后京城第一家京味儿茶馆,即老舍茶馆。

老舍茶馆宫灯高悬,细瓷盖碗,硬木八仙桌、太师椅，用锃亮的铜茶壶沏茶，每位客人都可品尝到宫廷细点和应时京味儿小吃。

京城戏曲、曲艺、杂技界名流天天在这里举行精彩演出，每年演出达 600 场。茶馆还开设了能够举办高档特色宴会的大碗茶酒家。

尹盛喜在改革的春风里成功地证明了私营经济的发展活力。

当时，在中央对私营经济初步解禁的时候，和尹盛喜一样开始经营私营企业的还有很多，人们形象地称之为私营经济开始复苏了。

邓小平支持私营经济

1980年，仿佛一夜之间，中国从事个体营业的人数突然猛增到86万人，比1979年翻了一倍多。

1981年，中共中央、国务院的相关文件中指出：

> 必须着重开辟在集体经济和个体经济中的就业渠道，使城镇劳动者个体经济得到健康发展。

早在之前，曾经因为卖板栗和贩鱼多次被抓的年广九察觉了党中央是要鼓励私营个体经济的发展，希望个体经济遍地开花。

于是，年广九就在芜湖的十九道门也摆起了一个卖瓜子的固定摊位。瓜子一直是国家供销社统购统销的二类商品，此举在之前是很难想象的。

年广九做生意比较会经营，当时，别人买他一斤瓜子，他还要抓一把相送。正是这个原因，年广九得了个傻子的称号。

20世纪70年代末期，在中国被称为"万元户"的商贩都还很少，但已经是百万富翁的年广九并不满足。1979年他注册了"傻子瓜子"商标，生意越做越大，越来越红火了。为了改进瓜子质量，他前往南京、上海、武汉等大城市学习取经。

1981年，全国的大小媒体开始兴起报道个体经济的小高潮。卖瓜子的年广九，以及芜湖另外3家个体户被《芜湖日报》作为重点典型事例加以报道。

1981年9月5日，在《芜湖日报》上，《名不虚传的傻子瓜子》刊登出来，使这个个体户为大家所知。

在报道见报后的一个月，年广九的瓜子销量翻番了。生意火了，年广九一个人忙不过来，就把家里的亲戚都搬来帮忙；不够了，又请来雇工帮忙。

到1983年，雇用的工人增加到103人，加上他儿子的分店，雇工达140多人。日产瓜子5000公斤，月营业额60万元。

在当时，"七下八上"是一条铁定的界限，即雇用8个人以上，性质就变了，变成资本主义的私营企业了。

当时国家工商总局也有关于个体工商户雇工应在7人以内的规定，即个体经济的雇工人数不能超过7人。

于是，"安徽出了一个叫年广九的资本家"，"年广九是剥削分子"等说法开始不胫而走。

"傻子瓜子"的雇工问题大讨论也引起了当时的安徽省农委主任周曰礼的注意，他专门派当时的工作人员杨绩龄到芜湖进行了调查。

调查中，工作人员发现，在当时，富裕起来的年广九对社会贡献很大。仅1982年，这一年的总收入中，他个人所得、雇工工资、上缴国家税费分别为 44.6%、12% 和 43.3%。

同时，年广九还打开了江、浙、沪的市场。在他的带动下，芜湖一下子出现了 60 家瓜子企业，销售量达 1500 万公斤，被誉为"瓜子城"。

从此，全国各地出现了瓜子加工热，涌现出许多新的品种和品牌，并成为一个不小的产业。

杨绩龄等人调查结束后，得出的结论是：应该支持年广久，允许他发展。

不久，周曰礼把这份调查报告带到中央农村工作会议上，也就是这份报告改变了年广九的命运。

邓小平看了这个材料以后，明确指出：

像这个私营经济啊，不要匆忙地作决定，要看一看，放一放。

1984 年 10 月 22 日，邓小平在中央顾问委员会第三次全体会议上讲话说：

前些时候那个雇工问题，相当震动呀，大家担心得不得了。让"傻子瓜子"经营一段，怕什么？伤害了社会主义吗？

邓小平表态以后，关于雇工问题的讨论渐渐消失无声了。生意红火的年广九继续雇用工人炒卖着他的"傻子瓜子"，在人数最多的时候竟然达到140多人。"傻子瓜子"有了更大发展，触角伸到全国各地，销量与日俱增，还出口到美国。年广九也成为媒体争相报道的新闻人物，被誉为瓜子大王、瓜子状元。

后来，1992年邓小平南行时还说：

农村改革初期，安徽出了个"傻子瓜子"问题。当时许多人不舒服，说他赚了100万，主张动他。我说不能动，一动人们就会说政策变了，得不偿失。像这一类的问题还有不少，如果处理不当，就很容易动摇我们的方针，影响改革的全局。城乡改革的基本政策，一定要长期保持稳定。

这一年12月，识字不多的年广久请安徽师大一位教授代笔，给邓小平写了一封致谢信：

敬爱的小平同志：

您好！

我们是安徽芜湖"傻子瓜子"的经营者。今年年初，您在南行中讲到了我们"傻子瓜子"，我们感到好温暖、好激动。这是您对全国人民讲的，但对我们是极大的鼓舞。光是今年下半年，我们"傻子瓜子"就新建了 13 家分厂，生产了 700 多万公斤瓜子。这都是由于您的支持和您的政策好！从经营"傻子瓜子"以来，我们已经向国家交纳了 200 多万元的税，向社会提供了 40 多万元的捐赠。但我们还要就就业业地继续做"傻子"，为顾客提供更多美味可口、价钱公道的瓜子。我们还计划更大地扩大经营规模，把"傻子瓜子"打到国际市场上去，为国家多作贡献。

…………

"傻子瓜子"的问题绝不是一个普通的瓜子问题，它涉及改革开放的大政策。这个问题如何解决，对个体、私营经济具有广泛的示范效应。

当时，在安徽芜湖，个体户、私营业者都说："老傻子没事，我们就平安；老傻子挨打，我们就赶快缩头。"

邓小平在讲话中，通过"傻子瓜子"这一个事例，稳定了大局，鼓舞了个体、私营经济经营者的积极性。

正是由于有邓小平等人的保护，才使 20 世纪 80 年代在观念还没有完全转变，政治改革还没有完成时，一批首先创业的经济个体被保存了下来，并使它们逐渐得到发展壮大。

第一个民营研究所成立

1983年4月15日,陈春先等人从科学院分化出来,在海淀区政府支持下,成立北京市海淀区新技术开发研究所,后改名为北京市华夏新技术开发研究所。

就这样,北京市第一个民营研究所成立了。

北京市的民营科技企业、中关村电子一条街、中关村开发试验区正是从这里开始了历史的进程。

早在改革之初,位于北京西郊的中关村,拥有30多所大学和130多个科研机构,这里很多大学和科研院所都是中国一流的。

这里聚集了几万名高科技人才,集中了大量先进装备和仪器,是世界上少有的智力密集区。

然而,由于种种因素制约,在很长一段时间里,这里的科研成果很难转化为生产力,专业人才受到压抑。中国科技发展的很多根本性缺陷在这里充分暴露。

10多万个聪明的脑袋,拥挤在科研与教学的封闭体系内,互相碰撞,互相牵制,互相磨耗,互相抵消。

多少个科研成果被束之高阁,原以为它会转化为生产力,可惜只开花不结果。

憧憬落空了,只剩下叹息。

党的十一届三中全会的改革号角,打破了这死气沉沉的静寂。这些沉默了多少年的一流人才开始了他们的创业之路。

第一个吃螃蟹的人叫陈春先，1935年生人，中国科学院物理研究所研究员、物理研究所一室主任，中国研究核聚变的几大魁首之一，北京等离子体学会副会长。

1978年到1981年，陈春先3次到美国。

在美国时，以旧金山附近的硅谷和波士顿附近的128号公路为中心的两个技术扩散区的经验，使他大受启发。在这里，斯坦福大学和麻省理工学院这两个研究中心分别把科研成果扩散到周围地区，大批技术密集型的公司和工厂应运而生，科研成果迅速转化为生产力，潜在财富变成了真正的财富。

此时，陈春先强烈地意识到自己所在的北京中关村就是这样一个地区。

1980年10月23日，在物理所一个挂满了蜘蛛网的破烂库房里，陈春先、纪世瀛、崔文栋、曹永仙等10人一起成立了北京等离子体学会先进技术发展服务部。

在当时，服务部的人员都是兼职，星期日是他们最忙的日子。两年之内，陈春先、纪世瀛等4位所谓头头每人每月只拿7元津贴。

不过，他们很快就承担起了几十项开发、研制和咨询项目。这颗火种旺盛地燃烧着，照亮了那些不甘寂寞的科技工作者的心，鼓励他们用自己的一技之长为社会服务。

然而，不久陈春先等人就受到来自院、所领导的压力。"二道贩子""经济问题""搞乱了科研秩序"等等，一顶顶大帽子从天而降。接着是科学院纪委立案侦查，更使形势变得异常严峻。

关键时刻，新华社一篇反映陈春先困境的内参引起了上边关注。当时的中央领导人胡耀邦、方毅相继作出批示：

> 陈春先同志的做法是完全对头的，应予鼓励。
>
> 陈春先同志带头开创新局面，可能走出一条新路子，一方面较快地把科技成果转化为直接生产力；另一方面多了一条渠道，使科技人员为四化作贡献。一些确有贡献的科技人员可以先富起来，打破铁饭碗、大锅饭。

一场麻烦就这样过去了。

中央放开雇用人数限制

1983年初,在邓小平提出"等一等、看一看"的大背景下,中共中央在《当前农村经济政策的若干问题》的文件中指出:

> 农村个体工商户和种养业的能手,请帮手、带学徒,可参照国务院《关于城镇非农业个体经济的若干政策规定》执行。对于超过上述规定雇请较多帮工的,不宜提倡,不要公开宣传,也不要急于取缔,而应因势利导,使之向不同形式的合作经济方向发展。

1984年1月1日,中共中央在《关于1984年农村工作的通知》中指出:

> 对当前雇请工人超过规定人数的企业,可以不按照资本主义的雇工经营看待。

邓小平的讲话和以上文件精神,实际上对私营企业的存在与发展起了保护作用,从而为私营企业扩大规模创造了政策环境。

民营经济在国家改革的春风下得到了蓬勃发展,但这种发展并非一帆风顺。

民营经济刚诞生的时候,很是遭人白眼。在当时,人们夸大了刑满释放分子在个体户中所占的比例,正经人家的闺女都不嫁个体户,因为个体户被看做"社会闲杂人员"。

此时,私营经济也还是"妾身未名",在文件上还是禁区。

当时,不少人还在传统观念禁锢之下,认为个体户是小商小贩,属于自助、自救、自谋生路的性质,对他们可以睁一眼闭一眼。

但是,搞私营企业雇用工人就是明目张胆的剥削,就是不折不扣的资本主义。社会主义社会怎么能容忍资本主义大行其道呢!

一位经济学家从马克思《资本论》的一个算式里边找到一个例子,进而得出结论说:雇工7个人以下,赚了钱自己消费的,算个体户;雇工8个人以上,就产生了剩余价值,就算剥削,就算资本家。

于是,雇工7个人还是雇工8个人,成了个体户和私营业主的分水岭。雇7个人以下,还可以允许;雇8个人以上,就算搞资本主义。

1987年,国家工商行政管理局摸底调查,当时城乡实际存在的私营企业雇工人数达360.7万人。每户私营企业平均雇工16人,雇工30人以下的占70%至80%,

雇工100人的接近总数的1%,部分私营企业雇工几百人,有的甚至雇工上千人。

对雇工人数限制的放开,进一步促进了私营经济的快速发展壮大。

● 初步放开

第一个私企执照诞生

1985年4月13日,受国家工商总局委托,大连市工商局将在这一天颁发全国首个私营企业执照。

在此之前,姜维早就想好了,就用"光彩"二字作为公司名。

那天早上,姜维和准备记录这一时刻的新华社记者一起到了大连市工商局。不料,工商局老局长想不通为什么当初国家消灭私营经济,如今自己却要亲自给它送上"准生证"。

老局长坚持不肯发,别扭了半天之后,姜维才终于拿到了这个不同寻常的执照。

早在1980年,辽宁省大连市文化局一下子就接收了400多名回城人员,复转军人姜维也是其中之一。

虽然接收了,但如何安置这些人却是个大难题,于是,安置工作迟迟没有解决。

漫长的8个月的等待,让姜维这个30岁的小伙子感到烦躁。他决心靠在部队当文艺兵的底子,做点小生意。

姜维的想法一说出来,便立刻遭到父母的坚决反对。"好人都有工作,没工作的人才干个体户",那个时代瞧不起个体户。而姜维在部队时是营级干部,只要安置了岗位,就是铁饭碗。

到了冬天，姜维终于说服了父母，拿妹妹当临时工挣的 400 元，买了一台"海鸥"相机，在大连市动物园的门口摆起"照照看"照相摊。

开张的头一天，姜维就挣了 3 元，而 1981 年劳动节那天竟然挣了 500 元，顶上一个普通工人一年多的收入。

丰厚的回报给了刚刚创业的姜维以巨大的精神鼓舞，他决定继续干好他的那个在当时被人瞧不起的个体户。

不久，中央明确提出，将发展个体经济作为解决就业的重要途径，"鼓励和扶植城镇个体经济的发展"。

于是，就在挣到"第一桶金"时，动物园门口的个体照相者增加了 6 家，而全中国个体户的数量，已由 1978 年的 14 万户发展到了 185 万户。

个体户的生意火了，但地位并没有改变，仍得不到尊重和理解。一次，两个不满 20 岁的工商部门的工作人员让姜维端正站着，不停地教训他。

个体执照动辄被没收，然后再求爷爷告奶奶地要回来。更有甚者，在严打的时候，一句"净化城市"，姜维他们像尘土一样被清出营业场所。

1982 年，曾和姜维一起在电影厂工作过的斯琴高娃到大连拍电影，约姜维见面。姜维当时很想见面但没去。姜维想到斯琴高娃已负盛名，自己却是个体户，心里有隔阂。

虽没有地位，但是姜维等个体户也有很开心的时候。每晚收摊后，姜维和其他 6 家照相摊的兄弟，结伴到繁华的天津街上吃两角钱一碗的"焖子",而一般人只吃得起 5 分钱一小碟的。

卖"焖子"的大妈看见他们,会乐呵呵地喊一句"大户来了",这时,自豪感会涌上姜维他们的心头。

1983 年 8 月 30 日,辛苦了一天,刚冲洗完胶片的姜维正在吃晚饭。

收音机中忽然传来了时任中共中央总书记胡耀邦的声音:

现在社会上有一种陈腐观念妨碍我们前进。例如,谁光彩,谁不光彩……从事集体和个体劳动同样是光彩的,因为你们为国家和人民作出了贡献……我请同志们回去传个话,说中央的同志讲了,集体经济和个体经济的广大劳动者不向国家伸手,为国家富强,为人民生活方便作出了贡献,党中央对他们表示敬意,表示慰问!

那一刻,姜维真是激动万分,泪水一下冲出了他的眼眶,个体户终于被别人看得起了,而且是中央的领导们。

第二天,在动物园门口照相的几个人都买了当天的《大连日报》,上面全文登载了时任中共中央总书记的胡耀邦在全国发展集体经济和个体经济安置城镇青年就业先进表彰大会上的讲话，标题为《怎样划分光彩与不光彩》。

买到报纸后，姜维他们 7 个人都停下生意，坐在一起读报纸，一边读一边哭。

路过的行人感到奇怪，走过来问怎么了，7 个人抬起头，说："胡耀邦说我们是光彩的！"

姜维感到从这天起，他要积极向上地活着，因为他终于觉得活着有意义了。

于是，姜维的世界变了。

姜维在繁华的中山街租了个小门面，门外的墙上却悬挂了 5 米长、3 米宽的匾额，上书"姜维影书社"，开业那天，他还请来了大连的很多名人。

1984 年 2 月，一位香港商人到大连考察投资，了解了姜维的影书社后，表示可以成本价提供一台 19.8 万元的彩色洗印机。

然而，这一天价难住了姜维。突然，与外商合资经营的想法从他脑子里跳了出来。当他说出了自己的想法后，港商立即同意了，大连市领导也十分重视。

但是，就在准备签合同时，政府忽然告诉他：不许再提合资的事了。

原来，政府工作人员查遍了有关中央文件，也看了宪法和中外合资法，都不允许个人同外商合资。

面对困难，倔强的姜维不肯放弃，他决定到北京去"找政策"。

在当时，中国还没有身份证，要到各个部门，需手持县团级的介绍信才能登堂入室，而姜维什么都没有。

在北京奔波近3个月，无数次被拒之门外后，姜维毫不气馁，终于，有了转机。

一天，在一次活动中，姜维见到了时任团中央书记处书记、中央办公厅主任的王兆国同志。之后不久，1984年5月，时任全国人大常委会副委员长的王任重在家中接见了姜维。

这次谈话近4个小时。谈完后，王任重说，要将这件事立即报告给胡耀邦同志，并写信给时任国家工商总局局长的任中林，要他接待姜维。

第二天，在国家工商总局，任中林和4位司局长同姜维一起谈话。

姜维着急地问："个体户怎么样才能有法人资格？"

任中林说："那只有将个体户变成私营企业。"

姜维回答道："那就变呗。"

任中林严肃地说："小同志，你知道吗，我们党在1957年向全世界宣布，经过社会主义改造的伟大成果就是取消了私营企业……你一句话，变了呗，怎么变，我可说不好。"

此时，又一位司长说："姜维同志，还有一个问题，那就是雇工问题。"根据当时的规定，雇工不能超过8个人，否则视为剥削。

姜维急了，说："我不管，反正耀邦同志说我们是光彩的，我是共产党养大的，我不会剥削人，也不会当资本家。"

任中林笑了，说："小同志不要着急，正是耀邦同志的讲话，才给了我们来同你研究你提出的问题的勇气，如果你作为私营企业同港商合资办企业，那你就是资本家，不过你是我们党培养起来的资本家。现在任重同志这样关心你，相信党中央，相信耀邦同志吧。"

不久，姜维借住的友人家里，突然来了两个人。

一位是王任重的女儿王晓黎，另一位是胡耀邦的儿子胡德平。

当来人自我介绍后，姜维惊呆了。

一席交谈后，胡德平带着姜维写的材料，蹬着一辆旧自行车走了。

这一次，姜维很快就接到了国务院经济法规研究中心的通知，要他到中南海去研究成立公司一事。

参加会议的有全国人大、国家工商总局、对外经济贸易部、海关等部门。

在此次会议上，关于私营经济问题争论很激烈。

许多年后，姜维在深圳遇到了当年曾任国务院副秘书长的李灏。李灏说："姜维同志，你的事，耀邦同志没少费心。我们当时也有许多无法解决的问题，可耀邦同志说，让他先试办一下嘛。就这样，你的公司才得到国务院的特例批准。"

1984年11月9日，时任中央经贸部副部长的魏玉明在办公室里向姜维宣布:"你要办的私营公司经国务院批准,可以同港商合资办公司了。"

接过特批文件,奔波了几个月的姜维激动万分,眼泪禁不住流了出来。

第一个私营经济"准生证"的诞生,在当时引起了很大反响,新华社发了通稿,许多国家的报纸也都报道了此事,并作了评论。

姜维创办的光彩公司的成立,标志着销声匿迹20多年的私营企业又重新出现在印着国徽的文件上,姜维也将作为中国第一家私营企业经理载入中国经济体制改革史册。

若干年后,身处北京,时任光彩中国实业集团的董事长兼总裁的姜维,回首往事,仍激动地说:

> 我所接触的环境和人物都比较超前,正是那个环境和年代给予了我这些东西。

是啊,正如姜维所说,正是有了中央的解禁,正是有了那些意识超前、敢于突破的人们,中国的私营经济才在那种限制颇多的环境下一步步发展起来。

中国涌现下海经商热潮

1984 年前后,在整个中国,私营经济到处充满了悬念,也充满了风险和机遇。

那些胆大、有经营头脑的人,已从这些信号中获得了足够多的暗示。

民众对经商的态度,开始发生本质性的变化。那些小商小贩及留洋打工、倒腾紧缺商品的人,开始过上悠闲、富裕的生活,成为大家羡慕的对象。据《中国青年报》调查,那一年最受欢迎的职业排序前三名是出租车司机、个体户、厨师,而最后三名则是科学家、医生、教师。

一时间,"拿手术刀的不如拿剃头刀的,搞导弹的不如卖茶叶蛋的"成为四处流传的顺口溜。

在这种情况下,很多机关、学校、科研单位的人,离开了令人羡慕的工作,走上了商场,开始当时人们所说的"下海"。

一时间,在全国各地,下海、经商、挣钱,成了人们最为关注的问题。

渐渐地,"投机倒把"这个词没人提了,"下海"成了人们常用的问候语,而"倒爷"则成为人们眼中体面的职业。

小倒爷们肩扛尼龙袋,在火车硬座的座位下,踡曲着身体做着金钱的美梦;大倒爷们拿着一张张批条,靠赚取计划价格与市场价格之间的差额,一夜之间成了暴发户。

后来的商界精英,有一些便是1984年的第一批下海者。

但第一批下海吃螃蟹的人,并不是每个人都这么好运。后来被处决的沈太福,也是这一年下海的。他从科协辞职,办起了吉林省第一家个体科技开发咨询公司,每天骑着一辆破自行车在街头巷尾刷广告。

后来,沈太福因创办北京长城机电公司辉煌一时,但最终,他因一起非法集资案葬送了性命。

陈泽民创办三全食品

1965 年，陈泽民从医学院毕业，主动要求到四川工作。在这一年中，身为外科医生的他发明了不少当时很实用的医疗器械，荣获"全国科技标兵"称号。

陈泽民 3 岁起就跟随身为炮兵专家的父亲过着随军生活，辗转各地。

10 岁时，他和同学们一起到电影院、戏院里捡烟头、废品卖钱，支援志愿军抗美援朝。

陈泽民从小就是个无线电爱好者。从矿石收音机到真空管收音机，再到后来的半导体收音机和电视机、录音机、录像机，他都能组装和维修。

第一台矿石收音机，陈泽民制作了 5 天，期间有 3 天熬夜，一次是通宵。但当"这里是中央人民广播电台"的声音响起时，他觉得所有的辛苦仿佛都烟消云散了。看着一大堆不相干的东西，拼装起来就可接收到千万里之外的信号，他感觉到科技的力量太不可思议了。

由于当时无线电事业不发达，要想收听到节目，陈泽民还要爬到房顶、大树等高处去架设天线，并且要反复爬上爬下，调整天线的方向、角度。"那时便体会到，要想做成事情一定要敢于冒风险。"他后来说。

无线电所激发的发明创造的兴趣，一直激励着陈泽民。初中时，学校提倡勤工俭学，于是，陈泽民学会了理发。每逢周末，他就背着书包带上理发工具，到农村去给农民理发。有时候他还和同学们一起出去打小工，他也做过泥瓦工、装卸工。

由于刻苦学习，他掌握了很多技能。这一时期，他制作的石英管收音机被送到北京参加青少年手工作品展。

高中时，他竟然利用理发推子的使用原理，帮农民制作了一台收割机模型。

1979年，陈泽民调回郑州市第五人民医院工作。当时单位里有一台价值几十万元但是被水淹后报废的大型X光机，陈泽民硬是利用几个星期的业余时间把它拆开修理好了。他甚至还仿照在北京展览会上看到的一台日本产的洗衣机，制造了当时郑州第一台土造洗衣机。

1984年，陈泽民被调到郑州市第二人民医院当副院长。但他在业余时间还是总想干点什么。

1989年，陈泽民和爱人借了1.5万元办起了"三全冷饮部"，当时制作冰激凌普遍使用一种化学原料，需加热，冷冻过程因此加长。陈泽民改用另一种植物原料，常温下水溶后即可使用，不仅制作时间加快，而且口味好，因此他的生意非常火爆。

可是每年10月之后，冷饮业进入淡季，冷饮部几十个工人就不知道干什么好。

在四川的日子里，陈泽民和爱人向当地人学会了做汤圆、米花糖等特色食品。回郑州以后，逢年过节，陈泽民夫妻都要做许多汤圆送给亲戚、朋友尝鲜。品尝过的人，无不交口称赞。许多人都表示，如果市面有售，宁可掏钱买。陈泽民由此意识到汤圆里蕴涵着巨大的商机。

这时候，陈泽民想起来有一年冬天到哈尔滨出差，见当地人包饺子一次包很多，吃不完就放到户外冻着，于是他突发奇想：饺子能冻，汤圆也应该能冻，自己家做的汤圆冷冻起来拿到市场上卖，肯定会受欢迎。而且冷冻可以解决长时间保鲜的难题。

但一个瓶颈问题是：汤圆由外到内都冻透，耗时过长，成本太高。

受夹心冰激凌两步制作方法的启示，陈泽民又想到了办法：先把汤圆芯冻实，包上皮之后再冻一次。这样不仅缩短了冷冻时间，还解决了以往液体汤圆芯包制时不易成形的问题。

正是这样一个看似简单的办法，使陈泽民成为中国第一个速冻汤圆发明人。

经过三个月的摸索、攻关，从原料配方到制作工艺程序，从单个粒制作到包装排列，从包装材料到包装设计，从营养、卫生到生产、搬运等等，陈泽民拿出了整体的设计方案。他甚至自己设计、制作出国内第一个速冻汤圆生产线，做出了中国第一批速冻汤圆，他的"二次速冻法"还申请了国家专利。

1990年下半年，电视剧《凌汤圆》在中央电视台热播，陈泽民立即给刚刚研制出来的速冻汤圆起名为"凌汤圆"，并在第一时间注册申请了"凌""三全凌""三全"商标。

发明出市场上独一无二的产品，成功的大门向陈泽民敞开了。但是，如何让商家和客户接受？

1989年，时任郑州市第二人民医院副院长的陈泽民，就已经心态坦然地上门推销小食品。

第一批三全汤圆出炉次日，下了班，年近50岁的陈泽民蹬着三轮车开始推销产品。到郑州市当时最大的商场刘胡兰副食品商场推销。

他诚恳地介绍完产品特点后，现场烹煮，亲手盛到碗里，谦恭地征求他们的意见，并请求试销。商场经理和售货员决定留下两箱。第二天，陈泽民便接到了商场经理的电话："供不应求，再送10箱。"

在之后，他又拜访了郑州市的几大商场，也争取到了"送两箱试试"的待遇。然而，不久，经理们就向陈泽民提出希望他能长期大量供货。

一传十，十传百，三全汤圆很快成为风靡郑州的食品，三全食品厂的门口每天都排着前来购货的车龙。尽管在郑州已经供不应求，但陈泽民没有满足于现状，他觉得应该更进一步开拓市场。

1990年春节前，陈泽民到北京开会时，带着速冻汤圆模型到西单菜市场，向商场负责人推销。经过耐心讲解，负责人答应进两吨试销。

结果两天后,会还没开完,三全厂就接到西单菜市场经理的电话,让他以最快速度再送来 5 吨。接下来,北京的多家副食品商场竞相要货。

北京市场的顺利开拓,使陈泽民信心大增。陈泽民于是花 4000 元买了一辆二手昌河面包车,每个周末,冒着寒风、酷暑奔走外省。

此后,陈泽民先后在西安、太原、沈阳、济南、上海等大城市建立了销售渠道。

经过一年多的市场开拓,陈泽民认识到速冻食品将成长为一个庞大的产业。

1992 年 5 月,陈泽民正式决定辞去公职,下海经商,专心卖汤圆,并开始组建"三全食品厂"。

陈泽民租下了一个大厂房,自己设计、自己购料、自己动手,建成了我国第一条自动化汤圆生产线,使汤圆的日产量由原来的不足 2 吨,猛增到 20 吨。1993 年,日产量更达到 30 吨,实现了速冻食品由小作坊手工作业向现代化大生产的转变。

在当时,一套进口的速冻机需要 1000 多万元,国产的也得 100 多万元,陈泽民就自己买材料,自己设计制造,硬是建起了当时国内第一条速冻汤圆生产线,正式走上工业化生产的轨道。

1992 年下半年,陈泽民把生产管理交给家人,一个人开着一辆 4000 元买来的二手旧面包车,拉着冰箱、锅碗瓢盆、燃气灶,到全国各地现煮现尝地跑推销。

在陈泽民看来，这是一段非常艰辛的经历。可就是用这种最笨的方法，"三全汤圆"在全国各地的市场迅速打开。

由于市场形势良好，1995年前后，全国出现了大量仿制"三全汤圆"的企业。这时候，陈泽民审时度势，决定放弃对同行侵害自己专利的追究。

他说：

> 速冻食品是个技术门槛很低的行业，专利官司打不胜，耗费精力得不偿失。中国的速冻食品业正处于起步阶段，仅靠一个三全是无法满足巨大的社会需求。海外的速冻食品工业比我们先进得多，你挡住了身边的同胞，也挡不住别人登陆上岸，与其让海外企业长驱直入，倒不如本土同胞齐心协力，把市场迅速做大，在较短的时间里形成有一定抵抗力的民族速冻产业。而我要做的，就是苦练内功，永远保持领先的位置。

也就是从1995年起，三全的发展速度明显加快，且越来越快。

1995年，三全被国家工商局评为"全国500家最大私营企业"之一。

1997年，国家六部委将"三全食品"列入中国最具竞争力的民族品牌。

2004年,企业销售额为14亿元,列中国私营企业纳税百强第六十一位。

2005年,企业销售额预计将达到20亿元,稳居中国速冻食品企业龙头位置。

回顾创业之路,陈泽民认为,一个人创业的目标可以很远大,但要一点一点地从小处做起。

陈泽民说:

> 一个人在幼年、青年时代受到的磨炼,是他一生中最宝贵的财富。小时候勤工俭学和青年时的艰苦劳动,造就了我不怕吃苦的性格,并且让我深深地认识到:只有通过劳动,才能创造财富。

下海商人不断创造神话

1983 年 5 月 7 日，对于王石来说，这一天是他人生中一个重要的转折点。对于房地产业来说，这一天也是一个非常重要的日子。

因为在这一天，作为铁路局工程五段技术员的王石要下海了。抱着想做点事的想法，他乘广深铁路列车抵达深圳。

在以后的岁月里，踏入商潮的王石给中国房地产业的发展带来了巨大的影响。

王石，1951 年 1 月生于广西柳州，兰州铁道学院给排水专业毕业。1977 年，王石从兰州铁路学院给排水专业毕业后，被分配到广州铁路局工程五段做技术员，当时他的工资是每月 42 元。

当他看到一个巨大的建设工地般的深圳，"兴奋、狂喜、恐惧的感觉一股脑涌了上来，手心汗津津的"，他强烈地意识到这块尘土飞扬的土地孕育着巨大的机会。

一天，王石在去蛇口的路上，看见高高耸立着几个白铁皮金属罐，那里面储藏的全是玉米。

广东不产玉米啊，经打听，玉米来自美国、泰国和中国东北。其中来自东北的玉米却不是直接从东北运来的，因为解决不了运输问题。

经过一番调研，王石了解到，只要能解决运输工具，运来的玉米不愁没人要。他找到广州海运局，对方回答只要有货源，随时开通。

于是，王石找到做玉米生意的正大康地，说他能解决运输，他可以组织来玉米，然后问："你们要不要？"

"要！马上就可以签合同！"

于是，玉米生意开始了。

这家公司立即设立了一个"饲料贸易组"，由王石任组长，独立核算。

玉米到了，第一次30吨的玉米生意成交。

王石在自行车后座上夹了两个条纹塑料口袋，骑车到养鸡公司收钱。

"我来收钱。"他向养鸡公司的袁经理扬了扬手中的编织袋。

"发票呢？"袁经理问。

发票是何物，王石不好意思问，但他立刻想到，无非就是收款证明一类的东西。

王石回到公司，对财务部的小张说："给我开个收款证明。"

暨南大学财会大专班的毕业生不懂"收款证明"。

"你就写收到谁多少钱，特此证明，就行了。"

小张一边嘟囔着"从来没有开过这样的证明"，一边照办，还加盖了财务章。

王石再次骑上自行车，后座还是放了编织袋，又到了养鸡公司。

王石对袁经理说:"给,发票。"

袁经理笑得前仰后合,一边咳嗽一边带王石"参观了发票的真面目"。

"他们要发票。"王石再次回到财务室。

"早开好了,我还纳闷不开发票怎么能收到钱。"小张说。

王石又一次来到养鸡公司财务室,他彻底糊涂了:塑料袋仍然没有用上,却拿到两张一模一样的薄纸,即银行转账单。

公司财务室的小张告诉王石,这个转账单就是钱,如果对方账上有钱的话。

王石在这两来两往的经历中,深刻感受到自己业务知识的贫乏,尤其财务方面,更是个门外汉。

从那以后,他每天下班无论多晚,都要看两个小时财务书。还学着记账,跟财务的对照。

3个月以后,他阅读财务报表就没有障碍了。

就这样,三四个月之后,通过做玉米生意,他赚了40万元。

1983年8月,香港媒体的新闻报道说,鸡饲料中发现了致癌物质。

一夜间,香港人不再吃鸡肉,改吃肉鸽,畅销玉米成了滞销货,王石只得把30吨玉米以1.2万元的低价卖给鱼塘佬养鱼,相当于每吨400块。

整个一役下来，他赔了110万，把白手起家赚的40万搭进去，还得负资产70万。

足足睡了24小时，王石起来打点行装，踏上北去的火车，再从广州搭上飞大连的航班。

找到大连粮油进出口公司，将所有1.5万吨玉米全收了，第二站天津，第三站青岛，把外贸库存的玉米全买了下来，总共3万多吨。

此时的王石已经濒临破产了，为什么还敢豪赌？这就是王石。

他不相信香港人今后永远不吃鸡，但什么时候开始吃，这是个问题。

如果玉米运到深圳，香港人还没有吃鸡的热情，就会造成更大量的玉米积压；如果玉米到了深圳100天后香港人仍然固执地"以鸽代鸡"，那王石只有彻底认输了。

还差两天，7000吨的货船就要停靠蛇口赤湾码头了，这时香港报纸刊登了一条消息：之前的报道有误，饲料中不存在致癌物质。

这消息如同一场及时雨！

香港两家大饲料厂全向王石订货，这一次，他不仅弥补了赔掉的钱，还赚了300多万元。

王石来到赤湾港，站在一个高台上，看着万吨巨轮耸立眼前，载重翻斗车一辆辆向正大康地、远东驶去，掀起尘烟滚滚。他双手叉腰仰望天空，感觉天空是那么

初步放开

043

地蓝，云朵是那么地白。

他的玉米畅销时，从成本的角度考虑，超过 200 公里距离，通过铁路运输较划算，但特区内的饲料产品并没有纳入铁道部门的货运计划，要想利用铁路运送成品饲料只有申请计划外指标。

打听之后，王石了解到计划外指标很难申请到。

王石还了解到笋岗北站货运主任姓姚，抽烟，也得知了他的住处。

怎么同姚主任套近乎呢？他交代手下邓奕权买了两条三五牌香烟给姚主任送去。

"烟放下，什么也不要说就回来。"王石交代道。

两个小时后，小伙计提着香烟回来了："主任不收。"

"真没用，两条烟都送不出去！不会赚钱，还不会花钱？"

王石决定亲自出马。他骑自行车到了铁路宿舍，敲门进了屋，将两条烟放到桌子上，动作却不大自然。为了获得商业上的某种好处给对方送礼，这还是第一遭。

"要车皮的吧？"货运主任笑吟吟地问。

这种开门见山的询问，让王石反而不知该怎么回答。

"若说'是'，突兀了点；若说'不是'，我来干吗？"王石心想。

"能给批两个计划外车皮吗？"他终于还是说明了来意。

姚主任将两条烟递到他手上："烟你拿回去，明天你或小伙计直接去货运办公室找我。别说两个车皮，就是10个也批给你。"

王石愣住了。

"我早注意到你了，你不知道吧？在货场，常看到一个城市人模样的年轻人同民工一起卸玉米，不像是犯错误的惩罚，也不像包工头。我觉得这个年轻人想干一番事业，很想帮忙。但我能帮什么呢？我搞货运的，能提供帮助的就是计划外车皮。没想到你还找上门来了。你知道计划外车皮的行情吗？"

"什么行情？"王石一头雾水。

主任伸出两个手指头："一个车皮红包100元，两条烟只是行情的1/10。"

王石带着两条烟返回了东门招待所，躺在床上脑海里不断地浮现着姚主任的那张笑脸，是嫌两条烟太少还是真想帮忙？他辗转反侧，一夜难眠。

第二天，王石顺利地办下了两个计划外车皮指标。

通过这件事，王石悟出一个道理：在商业社会里，金钱不是万能的，金钱是买不来尊重和荣誉的。想通了，也清楚了经营企业的底线：绝不行贿！

王石认为：

在不规范的市场环境中，这或许在短期内会遇到问题和麻烦。

但从长期来看，市场一旦公平化，大家都

045

处于同一条起跑线时，我们就处于一个很主动的地位。

此后不久，随着中国经济社会的飞速发展，沿袭了约40年的住房实物分配制度终止，这是中国房改最具突破性意义的一步。

随着国家修改法律，把禁止出租土地的"出租"二字删去，规定"土地的使用权可以照法律的规定转让"，中国房地产业发展的最根本的基石就此奠定。

那时开发房地产的门槛很高，非建筑行业的企业要想进入房地产开发必须通过招投标，拿到土地才批给单项开发权。

当时，王石的万科公司参加了威登别墅地块的土地拍卖，以2000万的高价拍得这块地，买了一张进入房地产市场的入场券。

按市场价，把附近的住宅楼买下来，拆掉再重新建的土地成本价都低于万科获得的这块土地的价格。

在王石代表公司上台签订土地转让协议时，深圳市规划局局长刘佳胜望着他，劈头就是一句："怎么出这么高的价格？简直是瞎胡闹。不管怎么说，还是祝贺你们。"

一度，万科团队的主流派视这张入场券为"烫手山芋"，建议毁约，"不执行同国土局签订的合同，大不了交些罚金，否则高地价的经营压力太大"。

但是，王石认为：不仅不能毁约，还要继续竞标拿第二块地。

一个月之后，天景地块推出，通过投标，万科再次夺得。深圳地产同行再也不敢轻视万科这只不怕虎的牛犊了。

万科绝不行贿的底线，最初让万科拿地非常困难，在深圳拿到的地是免税公司的半边工程，地基打下来，没有钱做了，万科接手后四六分成，再就是高价投标拿地，拿到的地都很偏，郊区较多，价格也高，是人家都不看好的那种。

地价很贵，怎么办？万科只有非常认真地研究市场。经过认真研究，他们认为：高地价带来高建设成本，万科地产只有坚持"高来高走"的原则，即建高档房、高售价，才能有利润回报，使新拓展的房地产业继续下去，并使公司在房地产业务的支撑下开展其他业务。

与此同时，他们也希望以建造高档次、高品位的物业，向社会奉献高尚的居住空间为己任，在高起点上树立万科地产的企业形象。

正是靠着这种敢于创先和诚信的精神，在以后的岁月里，王石带领万科不断创造出新的辉煌，王石也因此成了较早下海者中的佼佼者。

二、曲折前进

- 村支书对王小泉说:"小泉啊,你这样可不行,你这是雇佣劳动,要犯错误的。"

- 温州市委书记董朝才说:"现在宪法对私营经济的地位和作用作了规定,我们可以大胆地干了。"

- 市委书记笑着对周天辉说:"我专程来表扬你,再一起合个影,好不好?"

党中央认同私营经济

1987年10月25日，金秋的北京，天高云淡，凉风习习。

这一天，举世瞩目的中国共产党第十三次全国代表大会在北京隆重召开。

出席这次大会的代表1936人，特邀代表61人，代表全国4600多万名党员。

大会选举了由175名委员和110名候补委员组成的中央委员会，选举了由200名委员组成的中央顾问委员会和由69名委员组成的中央纪律检查委员会。

党的十三大提出了社会主义初级阶段理论和党的基本路线，并制定了鼓励发展个体、私营经济的方针。党的十三大报告指出：

> 目前全民所有制以外的其他经济成分，不是发展得太多了，而是还很不够。对于城乡合作经济、个体经济和私营经济，都要继续鼓励他们发展。在不同的领域，不同的地区，各种所有制经济所占的比重应当允许有所不同。

同时，报告还指出：

> 私营经济一定程度的发展，有利于促进生产，活跃市场，扩大就业，更好地满足人民多方面的生活需求，是公有制经济必要的和有益的补充。必须尽快制定有关私营经济的政策和法律，保护他们的合法权益，加强对他们的引导、监督和管理。

党的十三大如此关心私营经济的发展，在当时是有原因的。

原来，改革之初，私营经济政策虽开始有所松动，但是私营经济并没有得到正式认同，特别是在当时的情况下，人们对私营经济的从业人员在观念上还是瞧不起的。在这种"妾身未名"的情况下，私营经济的发展遇到了很多阻碍。

随着各地城乡私营经济的日益红火，既然允许了个体经济存在，那么，效益好的个体经济必然不断扩大经营规模，向私营企业发展。

河南郑州有一个叫王小泉的青年，最初是在街头摆摊卖一些简单的农具，包括扫帚、木锨等。

当时，这些农具全是王小泉和年迈的父亲亲手做成的。随着生意日益兴隆起来，农具不够卖了。

王小泉就把村里几个没事干的老人叫来，帮自己做农具。然后，按每把一定的钱数给几个老人结钱。

这样一来，几个老人有了收入，都非常高兴。而王小泉也获得了更多的农具，满足了客户的需求，又赚到了钱。

然而，正当王小泉和几个老人都在高兴的时候，村支书找上了门。村支书对王小泉说："小泉啊，你这样可不行，你这是雇佣劳动，要犯错误的。"

就这样，王小泉只好又把几个老人解散回家了。

像王小泉这种情况的，在当时还有很多。于是，在这种情况下，给私营经济全面解冻，就变得格外迫切起来。

面对这种情况，经过多年的研究，到了1987年初，中共中央终于在私营经济问题上结束了"等一等、看一看"的观察阶段。

1987年1月22日，中共中央政治局通过《把农村改革引向深入》的决定，指出：

在社会主义的初级阶段，在商品经济的发展中，在一个较长的时期内，个体经济和少量的私营经济的存在是不可避免的。我国人多耕地少，今后将有亿万劳动力逐步从种养业转移到非农产业。只有实行全民、集体、个体和其他多种经济形式一起上的办法，才能顺利实现这一转移。而个体经济的存在，必将不断提出扩大经营规模的要求。几年来，农村私人企业有了一定程度的发展。事实表明，它作为社会主义经济结构的一种补充形式，对于实现资金、技术、劳力的结合，尽快形成社会生产力，对于多方面提供就业机会，对于促进经营人才的成长，都是有利的。

在当时，这个文件在处理私营经济时，还有点小心翼翼。在提到允许私营经济存在的时候，加了个前置词"少量的"。提到私营经济的发展，说是"不可避免的"。

但是，这份文件是改革开放以来，第一份提出允许私营经济存在的文件，是一次重要的突破。文件虽然讲的是农村，其精神也适合城市。

终于，在党的十三大上，私营经济获得了认同，文件明确提出鼓励私营经济发展。

把私营经济写入宪法

1988年3月25日至4月13日，备受关注的第七届全国人民代表大会第一次会议在北京举行。

4月12日，也就是会议闭幕的前一天，《中华人民共和国宪法修正案（草案）》正提请全国人大代表审议。

与会代表们普遍赞成宪法中增加"国家允许私营经济在法律规定的范围内存在和发展"这一规定。

福建上杭县农民、人大代表赖永兴，前几年同乡亲们筹集资金办起了一座水泥厂，当时拥有固定资产102万元，年产水泥一万吨，经济效益很好。

可是，一些好心人对赖永兴说，你办的厂是私营企业，政策一变，你可就成了资本家了。

因此，这次赖永兴看到宪法修正案后高兴地说："把保护私营经济的合法权利写进国家根本大法，我心里的一块石头落了地。"

依靠兴办孵鸭场致富的胡丽华代表说，孵鸭是她的祖传手艺，可是在以前不让她搞孵鸭场，一家人过得很艰苦。

1979年，政策放宽后，胡丽华从兴国县来到自己哥哥所在的吉水县八都镇又办起了孵鸭场，年孵鸭30多万只，年纯收入7000至8000元。然而，在当时，胡丽华的丈夫由于害怕政策多变，不敢同她一块去办孵鸭场。

在此次人代会上，胡丽华说："这次宪法修正案允许私营经济在法律规定的范围内存在和发展，使我们打消了顾虑，我准备回去就把丈夫从家里动员出来，与我一块把孵鸭场的规模办得更大些，效益更好些。"

温州的代表看到宪法修正案后，更是非常高兴。

在当时，有人把温州发展私营经济看成是"资本主义"，并夸张地说："谁没有见过资本主义，请到温州去。"

在此次人代会上，温州市委书记董朝才在审议《中华人民共和国宪法修正案（草案）》时说："尽管私营经济对促进温州经济发展起了重大作用，可是个体经营者不敢放开手脚干，干部也心有余悸。现在宪法对私营经济的地位和作用作了规定，我们可以大胆地干了。"

会后，董朝才还高兴地对记者说："目前温州市私营企业达到 14 万多个。去年，全市地方财政收入比 1983 年翻了两番多，有一半来自私营经济。"

余兴未尽的这位市委书记看了看吃惊的记者，又果断地说："今后我们将采取措施，促进私营经济更快地发展，使之成为地方经济发展的生力军。"

与此同时，也有一些代表在审议中对私营经济的发展提出了一些有益的建议和更高的要求。

代表中的个体经营者说："国家把私营经济通过宪法加以保护，对此我们从内心深处非常感激。但是我们还不能高枕无忧。现在，社会上'红眼病'厉害得很，从生产和生活各个方面为难我们。尽管宪法中明确了我们的社会地位，但是要转变人们固有的思想观念并非易事。况且宪法中又没有具体规定，要想从经济上保证私营企业在社会上的平等地位是很难的。"

一些来自国营企业的代表说："国家把私营经济在宪法中加以承认，对此我们举手赞同。实际上，私营经济早已在与我们相互合作和竞争了。"

还有一些国营企业的代表说："现在从政治上把私营企业放在与我们平等的地位上很必要，可是事情又不能到此为止，还必须采取措施，从税收、财务等方面对私营经济加以具体规定。从经济管理上把二者放在平等的地位上，否则，二者在经济上的竞争将是不公平的。"

一些干部和专家说："保护私营经济发展是对的，但'有法可依，无章可循'不行。如果缺乏具体规定，在制订经济规划、购销原材料和产品，以及安排信贷等方面就很难办。"

还有一些经济专家认为，私营经济内部管理方式、利润分配方式、社会活动方式等许多方面与国营、集体经济不同，我们既不能简单地斥之为"资本主义""剥削"加以否定，也不能光冠以合法的帽子放任自流，而必须加以引导和利用。因此，只在政治上承认私营经济的合法地位还不够，政策规定、计划管理、思想观念等方面的工作也应尽快地跟上去，以免在社会上引起混乱。

有些代表更是直接地说:"我国的私营经济还不发达,现在私营企业不是多了,而是太少。国家不仅应该允许其存在,还应该因势利导,帮助私营经济健康发展,使之真正成为社会主义公有制经济的补充。"

因此,在多数代表的支持下,第七届全国人民代表大会第一次会议通过了《中华人民共和国宪法修正案》,第十一条增加规定:

> 国家允许私营经济在法律规定的范围内存在和发展。私营经济是社会主义公有制经济的补充。国家保护私营经济的合法的权利和利益,对私营经济实行引导、监督和管理。

这里提出对私营经济实行"引导、监督和管理"的方针。

与此同时,代表们还希望,除宪法以外,国家有关私营经济方面的具体法规要尽快出台。

在代表的关心下,有关部门也加快了对私营经济的立法工作。

6月15日,国务院发布了《中华人民共和国私营企业暂行条例》。"条例"包括总则、私营企业的种类、私营企业的开办和关闭、私营企业的权利和义务、私营企业的劳动管理、私营企业的财务和税收、监督与处罚、附则等八项内容。

总则指出：

本条例所称私营企业是指企业资产属于私人所有、雇工8人以上的营利性的经济组织。

这就从法律上肯定了私营经济在我国存在与发展的历史地位。

于是，在理论、法律与政策的大力支持下，个体、私营经济发展进入了第一次高潮期。

各级政府支持私营经济

1988年夏天，在中央出台支持私营经济的政策后，中央各相关部门开始以不同形式，表达了对各地私营经济的支持。

当时，工商部门在各地开展了治理经济环境、整顿市场秩序的工作。于是，一些人担心起来，他们以为治理经济环境、整顿市场秩序是党对个体和私营经济的政策要改变了。

对此，工商行政管理局个体私营经济司负责人明确地对记者说："这种怀疑和担心是无根据的。整顿市场秩序是整治违法经营，目的是促进深化改革，从而为个体和私营经济的发展创造一个良好的环境，根本不存在政策改变的问题。"

这位负责人还说："个体和私营经济是国民经济的一个组成部分。我国地域辽阔，人口众多，已有的个体和私营经济，无论户数和从业人员都远不能适应生产和生活的需要。各地应根据当地生产和生活的实际需要，有计划地统筹规划，需要什么行业就发展什么行业。政府有关部门要提供方便条件，鼓励和支持个体和私营经济的发展。"

9月初，国务委员兼财政部部长王丙乾，在全国税务工作会议上，发表了对私营经济的支持的讲话。王丙乾明确地说：

> 整顿个体工商户和私营企业税收秩序，绝不是不要发展个体和私营经济，也不是加重它们的税收负担，而是要依法把它们应纳未纳的税款收上来，更好地执行党和政府关于发展个体经济、私营经济的政策，促使其合法经营，健康地发展。

与此同时，地方政府也积极开展了对私营经济的支持工作。

在西北的甘肃省，省委书记李子奇在临夏回族自治州调查研究时，向各族干部群众宣布，党对少数民族地区发展集体、个体和私营经济的各项政策不变。

同时，李子奇要求各族干部群众在坚持"一个中心，两个基本点"的基础上，进一步解放思想，放心大胆地发展以公有制为主体的多种经济成分并存的民族经济。

当时，临夏回族自治州拥有150多万人口，是回族、东乡族、保安族、撒拉族、藏族、土族、汉族等多民族聚居的地方。

党的十一届三中全会以来的各项民族政策和改革开放路线，使民族聚居区各民族和睦相处，社会安定，民族经济，特别是个体和私营经济得到了迅速发展。一些经济效益较好的和正在动工兴建的地方民族工业大都是私人投资、私人所有。

然而，在当时的情况下，一些人搞私营经济虽然收入大增，但他们仍然担心政策会变化，所以一直不敢放开手脚去做。

在调查研究过程中，针对干部群众中的思想疑虑，李子奇与州、县、乡各级干部、党员、群众和宗教界上层人士进行了广泛的交谈。

在交谈时，李子奇认真向大家宣讲了中央对私营经济的新政策。李子奇兴奋地说："这几年的实践证明，改革开放，对少数民族地区的繁荣发展尤为重要。今后，省政府要在巩固和发展公有经济的同时，进一步放宽政策，支持少数民族地区走具有民族特色的经济发展路子。特别是对已经初具规模的少数民族个体和私营经济，一定要予以保护。"

最后，李子奇还强调："要让各族群众放心，党的勤劳致富的政策不会改变。今后，应在依法经营的前提下，放开手脚，一如既往，努力发展以公有制为主体的多种成分并存的民族经济和各项建设事业。"

在省委书记的亲自支持下，甘肃的私营经济获得了较快的发展。

与此同时，江西省新余市也开始了对发展私营经济的大力支持。在新余市领导的支持下，新余市发展个体和私营经济经历了由害怕到初步认可，再到进一步认识，最后到坚决支持的过程。

当时，新余市上半年全市个体、合伙、私营企业比1983年增长近3倍，上缴税金比1983年全年还多3.7倍。

但是，有些干部还是担心支持私营经济，会使自己遇到麻烦，甚至被戴上"白"帽子。

对此，新余市领导积极采取措施，想办法改变"重国营、轻集体、鄙个体、怕私营"的旧观念，大胆发展个体和私营经济。

为此，新余市领导组织市、县、区、乡几级领导干部去温州参观、挂职学习。

经过反复研究、对照，新余市的广大干部认识到，私营经济不要国家投资，不增加国家负担，经济效益高，还拓宽了就业门路，完全应该给予支持。

思想通了，决心就大。市委书记开完党的十三大一回到新余，就找30多位私营企业代表谈话，鼓励他们放心干，并帮助解决各种困难。

当时，松山乡姚智办的香料厂很红火，但后来因为种种原因，没有办下去。

在市委书记的推动下，松山乡党委书记主动请姚智回去继续办厂，还把乡里一个经营状况不好的厂子也卖给了他。

为了鼓励从事私营经济人员的斗志，新余市还经常表扬发展经济有方的私营企业"老板"。

一次，新余市的私营企业经营者周天辉看到别人领奖，略有不满地说："人家交1.5万元税就受了表扬，我交税4万，怎么没表扬？"

市委书记知道后，马上赶到周天辉家。在了解了周天辉的情况后，市委书记笑着对他说："我专程来表扬你，再一起合个影，好不好？"

周天辉笑着说："以后政策变了，要打倒我，你也跑不掉。"

市委书记说："对，你把相片放大一点，挂起来！"

在甘肃、江西开展支持私营经济的过程中，其他省市也不甘落后，上海、北京、浙江等地政府，也积极以各种形式表达了对私营经济的支持。

有了各级政府的支持，各地私营经济发展的脚步明显加快了。

私营经济开始蓬勃发展

1988年下半年,各地的私营经济蓬勃发展起来,特别是那些政府人员较早认同私营经济的地方,私营经济的发展更是喜人。

地处甘肃省中部的临夏市,当时根据民族区域自治条例中有关对民族地区的优惠政策,在坚持公有制经济为主的前提下,采取了积极扶持发展个体、私营经济的政策。

长期以来,临夏市地方财政紧张,增加国营、集体企业或扩大招工人数都相当不容易,城市居民就业非常困难。

党的十一届三中全会后,在甘肃省委的支持下,临夏市把发展个体、私营经济作为临夏各民族群众解决温饱、脱贫致富的一项重要工作来抓。

为此,临夏市工商局依据工商行政管理法规,从审核发照、经营地点、经营范围、外出经商等方面为个体、私营经济的发展服务,使个体、私营经济得到了迅速发展。

私营经济给临夏带来了成功,使临夏成为黄土高原上流通活跃、经济繁荣的商业小城市。

个体、私营经济的发展,不仅解决了部分群众的温饱问题，还促进了市场建设和城市建设。几年间，临夏市已由原来的一条街形成了纵横交错的10多条商业街，分布了10多个专业市场。

在临夏的这些市场里，有云南来的茶叶，四川来的新鲜蔬菜，广东来的水果，又有上海的时装，新疆的毛料、葡萄干，还有本地加工的民族用品、风味小吃及各种地方特色的服务等。

一时间，在临夏的广大地区，无论是新建的居民点，还是偏僻的小村镇都有个体或私营经济的商业服务网点。它们的存在不仅增加了当地的税收收入，还大大增加了就业，方便了人民的日常生活。

看到私营经济蓬勃的发展形势，临夏市政府把解决个体户经营、私营经济场地作为稳定个体、私营经济的一件大事来抓。

为此，临夏市政府号召沿街居民建一些店，工商局、个体户和私营经济者集资建一些店。同时，市委还腾出设在市中心的市委大院，支持私营经济和个体户，集资250万元建起了一个拥有五层营业大楼的民族商场。

就这样，甘肃省临夏回族自治州从当地的实际情况和民族特点出发，放手搞活流通，发展私营经济，走出了一条切合本地实际、具有民族特色的经济发展之路。

当时，全州两万多家以个体、私营为主的乡镇企业工业产值已占工业总产值的近50%，与乡以上国营和集体工业各占"半壁河山"。

而私营商业零售额占社会商品零售总额的40%，已超过集体商业，与国营商业"并驾齐驱"。

同时，私营企业提供了全州40%以上的工商税收、46%的农民纯收入、80%以上的城市居民收入和70%多的社会就业。

与临夏一样，当时，全国的私营经济也获得了快速发展。到1988年底，全国城乡登记注册的个体工商户发展到1454.9万户，从业人员2304.9万人；注册的私营企业有4.1万家，雇工人数72万多人。

如果加上大量挂集体企业牌子和混杂于个体工商户、个人合伙及乡镇、街道企业中的私营企业，实际的私营企业估计有20多万家。

私营经济的蓬勃发展，再次证明了私营经济的活力巨大。

私营企业异军突起

1988年，与各地私营经济快速发展相伴随而生的，自然是私营企业的不断出现，后来的用友软件股份有限公司就是在这一年，由王文京等人开创的。

出生在江西上饶县一个穷苦农民家的王文京，15岁就考上了江西财经大学，家乡的人都称他为"神童"。

1983年8月，19岁的王文京大学毕业后，基于当时的就业环境，被分配到国务院机关事务管理局财务司工作。一时间，他成了当时很多人羡慕的对象。

1985年，王文京和苏启强等人，向领导建议在整个中央国家机关财务部门推广会计电算化工作。随后，王文京被指派负责这一项目的具体实施，从项目最初的规划，到选定软件开发合作伙伴，到项目鉴定，一直到推广到上百个具体单位，前后历时两年多。

在负责这一工作时，王文京发现，一方面，会计电算化是一种趋势，另一方面，各单位仍然在自行编写程序，这造成了大量的重复工作。

1988年，王文京从朋友处借来5万元，开始了他的创业之路。王文京和苏启强在北京市海淀区双榆树成立了"用友财务软件服务社"，5万元人民币便是他们最初的注册资本。

王文京后来回忆说：

　　辞职创办企业是自觉的选择，不是别人把我推到办企业这条路上来的。我当时离开机关并没觉得有什么可惜，也没有感觉到创业有多大的风险。

　　当时用友能不能做起来，我尽管没有十足的把握，但有基本的信心和十足的决心，同时做公司是一种寄托，公司只是一个载体而已，辞职最主要的是我要换一种发展的方式。自己之所以选择做企业，是因为做企业是一门不断创造的艺术，它发挥创造性的韧性是无穷大。

　　企业往什么方向发展？希望怎么管理？招什么样的人？以及希望大家都做什么？都可以发挥，实现自己很多的想法。

　　在软件设计上，学财务的王文京注重实用性和操作的简捷。王文京说："财务软件不像系统或者支撑软件要特别强调性能，就财务软件而言，功能的实用性和适用性对用户来讲是最重要的。因此，很实用、很容易学一直是用友软件的特点。"

　　王文京的开发思路是从他为公司起名"用友"开始的。关于公司的字号他想了好几个月，想了很多名字，但一直都没有满意的。

一天，王文京在《经济参考报》上读到一条很短的消息。这条消息说，美国软件市场上有一种叫做"用户之友"的软件最受欢迎，因为它很容易学，很容易掌握，用户的界面很好。

于是，王文京马上就想到他们将要做的软件正是这种软件，于是，就给公司定名为用友。对软件来讲，思想比技术更重要。

就这样，用友公司开始起步了。

当时，用友的软件能否通过国家财政部的评审，直接关系到用友能否继续发展。

到了1990年，公司发展到20多个人。此时，王文京既想管公司事务，又想做开发，然而这样两头兼顾，效率很低。

于是，王文京就在北图租了一间房子封闭起来搞开发，开始还可以，后来公司的人以及其他朋友，知道王文京在那儿，就又去找他，他只好又搬到了八大处，封闭了一两个月才把产品做了出来。

1990年，用友财务软件终于通过了国家财政部评审。

此后，用友走上了快速发展之路。到1991年，用友开始成为中国财务软件行业的领跑者。

软件行业因为是高科技行业，所以随着新产品的不断出现，软件类企业也在不断涌现和倒闭。软件企业的发展轨迹是一浪接着一浪，浪潮来了，有的企业把握住机会上来了，没有把握住的下去了，每一次技术的变革都是市场份额重新划分的时刻。

所以，在发展过程中，差不多每经过3年，用友就要换一批竞争对手。

在此时，王文京意识到对一个软件企业来说，跳上一个浪尖可能比较容易，把握住两个浪潮也是可能的，但是几个浪都要把握住，才是真正的挑战。

于是，在软件企业生命周期很短的情况下，王文京就开始考虑用友的命运问题。

王文京绝不搞多元化经营，因为王文京认为对用友来讲，多元化没有任何优势，用友的优势只是在软件领域。

绕了不少弯的王文京，不久就提出"立足软件领域，实现产业化"的发展战略。

同时，王文京决定，软件以外的产业，即使是再大的诱惑，也不去做了，因为软件产业本身就是一个很好的产业方向。

事实证明这个决策是对的，在以后的几年里，用友的利润和营业额的增长都在60%以上。

在这个时期，和用友一样诞生的私营企业还有很多，它们的出现给私营经济还没有全面解禁的中国经济带来了一股新鲜的血液。

私营经济再次引发争论

1989年下半年，随着国内外形势的发展，各种关于中央要调整政策的传言在四处传播，关于私营经济的争议风波再次掀起。

这次争议的还是早在改革之初就存在的是姓"社"还是姓"资"的问题。

在私营经济发展较好的温州，很多人，包括部分高层都明确地说："那里私有经济比重超过国有经济，姓'资'。"

于是，一时间，全国各地刚刚尝到私营经济好处的人们，再次陷入恐慌当中。

1989年底，河北省丰润县韩城镇的张春生，给《人民日报》写信，咨询关于私营经济问题。

在这封信中，张春生写道：

编辑同志：

最近，笔者下乡，听到一部分人关于"国家要限制私人经济发展"的议论。他们说："前几年国家号召发展个体联合体经济的做法搞错了，把国家市场搞乱了，中央说要清理、限制个体经济。"

还有的说:"个体经济靠偷税漏税、投机倒把发了财,这回要进行大清理,秋后算账","国家要出台政策限制个体经济发展,农民进城经商、开办第三产业的要一律回乡务农",等等。

在这些议论下,有的个体企业要交牌照停业,想干的也人心不安。

党的十三大报告曾把发展私人个体经济作为国家和集体经济的必要补充,加以保护,眼下,这个政策会不会改变,对全国人民影响很大。

为此,希望国家报刊就此发表文章,予以澄清,以稳定人心。

张春生的信反映了当时很多人的心声。

收到张春生的来信后,《人民日报》的编审人员非常重视,他们把张春生的信在《人民日报》上作了专门刊登,并配了专门的编者复信。

张春生同志:

你的来信反映的一些情况,我们认为值得重视。同时,想借这个机会,向你及一切关心个体经济、私营经济政策问题的同志,讲几句话。

请放心，党的十三大确定的有关个体经济和私营经济的政策，并没有改变。

江泽民同志在国庆讲话中明确指出："在我国现阶段，发展从属于社会主义经济的个体经济、私营经济，对于发展社会生产、方便人民生活、扩大劳动就业，具有重要的不可缺少的作用。10年来改革的实践，充分证明了这一点。我们的方针，一是要鼓励它们在国家允许的范围内积极发展；二是要运用经济的、行政的、法律的手段，加强管理和引导，做到既发挥它们的积极作用，又限制其不利于社会主义经济发展的消极作用。"这段话非常清楚地阐述了中央关于个体、私人经济方面的政策。

因此，社会上有些地方流传的所谓有关政策要变的议论，是没有根据的，或者说是一种误解。尽管个体经济、私营经济不属于公有制经济，但它们是完全可以作为社会主义公有制经济的补充，发挥积极作用的。

改革开放以来，这个指导思想是从未动摇过的。在对待个体经济和私营经济的基本政策上，国家不会改，也不可能改。我国的经济发展水平还很低，资金十分紧张，城乡就业压力还很大。在政策允许的范围内，个体经济、私营经济都还有很大发展余地。

10年来，个体户和私人企业经营者当中也确实涌现了一些善于经营，讲职业道德、热心公益的先进分子。

当然，我们也必须看到，由于近年来忽视了管理和引导工作，个体经济、私营经济发展中也确实出现了一些值得注意的问题。有的违法经营，乱涨价，欺行霸市；有的制造、销售伪劣商品；有的盲目上马，与国营、集体企业争原料、争市场；偷税漏税问题更是相当普遍。这些问题，已经引起了社会公愤，如不及时解决，不仅不利于个体经济、私营经济的正常发展，而且会对社会主义公有制经济产生消极影响。

正是从这种实际情况出发，中央在明确继续鼓励个体经济、私营经济发展的同时，强调必须加强管理和引导。主要包括：加强税收管理，杜绝偷税漏税；加强对经营活动的管理，取缔违法经营；根据实际情况和需要，限制行业范围、产品范围和经营规模；限制过度消费；认真维护雇用工人的合法权益等。加强管理和引导，是政策的实施和完善，而不是政策的改变。因为党和政府从来没有制定过对个体经济、私营经济可以放任自流的政策。过去这方面做得不够，现在开始加强，只会更有利于个体经济、私营经济发展，而不是要把它们整垮。

　　所以，个体户、私人企业的经营者，完全可以安心继续认真做好自己的事情，开展自己的事业，关键是要守法经营，照章纳税，这样就会利国、利民，也对自己有利。个体户和私人企业的正当经营一定会受到法律的保护和社会的尊重。

编者

《人民日报》的这篇文章公开发表后，确实在一定程度上消除了人们对政策会变的担心。然而，这篇文章并没能彻底消除人们的顾虑，关于私营经济的争议还在进行。

1990年2月22日，一位高级官员在北京某大报上发表了一篇署名长文《关于反对资产阶级自由化》。

文章首先就明确地问道：

　　搞资产阶级自由化的人……有没有经济上的根源？有没有一种经济上的力量支持他们？

文章还明确地指出，中产阶级、私营企业和个体户就是资产阶级自由化的经济根源。

这篇文章还对改革提出了这样一个根本质问：

推行资本主义化的改革,还是推行社会主义改革?

关于资本主义化的改革,文章说:

他们的经济体制改革,说到底,一个是取消公有制为主体,实现私有化;一个是取消计划经济,实现市场化。

…………

有的主张把国有资产分割成股份卖给个人,化为私有;有的主张国家贷款给私人,让他们购买国有企业;有的主张给私营经济和个体经济加紧输血,让他们购买国有企业。

所有这些,统统都是"资本主义化的改革"。

这是较早提出问一问姓"社"还是姓"资"的一篇文章,这篇文章的公开发表,使关于私营经济的争议愈发激烈。

无独有偶,和这篇文章持同样观点的各级干部和普通群众是大有人在。

1990年第一期北京《当代思潮》杂志,发表了《用四项基本原则指导和规范改革开放》一文。

文章明确地指出:

> 私营经济和个体经济……如果任其自由发展，就会冲击社会主义经济。

在当时的压力下，新华社主办的《中国记者》杂志1990年5月发表《光彩的新概念》一文说：

> 近来报纸和刊物上，有关个体户的报道少了。原因呢？不少编辑感到"拿不准"。至于社会上，则更有甚者。在有的人眼中，个体经济已成了背时之物，最好是"从重从快"惩罚打击。有的人误以为"中央已经收了，取缔是早晚的事"。新闻界在一段时间内的沉默，无形中增加了这种不安的情绪。前几个月全国个体户锐减360万人，不能说和这种氛围没有关系。

一时间，个体户和私营企业主开始担心起来，其中有一部分人，奉行当时流行的说法"等一等、看一看"，决定收缩战线，看看形势再说。

还有一部分私营经济的从业人员，干脆都选择主动歇业，以保证安全。

就这样，全国私营经济再次陷入两难境地。这个时候，迫切需要有来自中央的权威观点，来消除人民群众对私营经济前途的顾虑。

"皇甫平"发文支持改革

1991年,在私营经济引发争议之时,几篇署名皇甫平的文章在当时引起了极大的轰动,一时间被誉为"皇甫平事件"。

其实,"皇甫平事件"是曾任《解放日报》《人民日报》副总编辑的周瑞金与当时上海市委政策研究室的施芝鸿和《解放日报》评论部的凌河一道,根据邓小平同志的谈话精神,以"皇甫平"为笔名在《解放日报》头版发表系列文章,针对时弊,宣传改革开放,引发的一场思想交锋。

关于"皇甫平"这个名字,周瑞金后来说:

这个"皇"字,按照我家乡闽南话的念法,与"奉"字谐音。这个"甫",不念"浦",而读"辅"。我选这个"甫",就是取辅佐的意思。奉人民之命,辅佐邓小平,这就是"皇甫平"笔名的深层含义。而皇甫又是中国的一个复姓,人们看起来比较自然。

1990年12月,党的十三届七中全会隆重召开。根据邓小平同志在七中全会前夕的谈话精神,江泽民在开幕式上重申,深化改革和扩大开放是我们必须长期坚持的根本政策,并明确提出"即使冒点风险,也值得干"。

按照《解放日报》的惯例,每年农历大年初一,周瑞金在《新世说》栏目都要发表一篇小言论贺新春。

1990年末,传来了邓小平同志在上海视察的讲话精神。这时周瑞金感到,只写一篇小言论不足以宣传邓小平的最新指示精神。

因此,在小年夜,周瑞金找来了评论部的凌河和上海市委政策研究室的施芝鸿共同商量,决定写几篇联系上海改革实践、宣传邓小平改革开放新思想的文章。这篇文章就是大年初一发表的《做改革开放的"带头羊"》。

第一篇文章在读者中并没有引起太多的注意。但是,文章中还是有骨头的,文章提"1991年是改革年",是针对当时有人提"1991年是质量年"的。

同时,文章中的那8个字"何以解忧,唯有改革",是直接引用时任上海市委书记兼市长的朱镕基传达贯彻党的十三届七中全会精神和邓小平视察上海时讲话的原话。

1991年1月28日至2月18日,邓小平再次来到上海过春节。

与以前几次过春节不同,这一次邓小平视察工厂、参观企业,在新锦江饭店旋转餐厅,听取有关浦东开发的汇报，发表了一系列深化改革的讲话。

邓小平强调说：

改革开放还要讲，我们的党还要讲几十年。会有不同意见，光我一个人讲还不够，我们党要讲话，要讲几十年。

此时，周瑞金感到，邓小平的讲话的分量非常重，很有针对性，是有意识地就全国的深化改革、扩大开放问题做一番新的鼓励。

3月2日，以"皇甫平"署名的第二篇文章《改革开放要有新思路》发表了。

这篇文章的点睛之笔，是指出20世纪90年代改革的新思路在于发展市场经济。文章传达了邓小平视察上海时的讲话精神：

计划和市场只是资源配置的两种手段和形式，而不是划分社会主义和资本主义的标志，资本主义有计划，社会主义也有市场。

文章还批评道：

有些同志总是习惯把计划经济等同于社会主义，把市场经济等同于资本主义，认为在市场调节背后必然隐藏着资本主义的幽灵。

3月22日，署名"皇甫平"的第三篇文章《扩大开放的意识要更强些》发表了。

这第三篇文章见报后，就把一场改革争议风波的"导火索"给点燃了。

文章发表后，一些人的攻击开始升级，他们歪曲文章原意，然后上纲上线质问"改革开放可以不问姓'社'姓'资'吗"，语句也尖锐起来。

署名"皇甫平"的第四篇文章《改革开放需要大批德才兼备的干部》再次掀起波澜，文章强调改革开放需要大批勇于思考、勇于探索、勇于创新的闯将，要破格提拔对经济体制改革有进取精神的干部。

这篇文章实际上是透露了邓小平关于人事组织的思想，这是邓小平要从组织人事上保证推进改革开放的公示。

署名"皇甫平"的文章发表后，这些文章立刻在党内外、国内外引起强烈反响。

当时，全国不少省、自治区、直辖市驻沪办事处人员都接到当地领导人电话，要求收集"全部文章"，有的还派出专人到上海来了解"发表背景"。

很明显，文章受到许多读者的欢迎，说这是"吹来一股清新的改革开放春风"。但是，除了当年4月新华社《半月谈》杂志发表评论文章，公开表示支持外，其他媒体大多沉默不言，有少数几个媒体进行攻击、批判，甚至漫骂。

当然，这些文章也受到了很多指责。

1991年4月，刚发完四篇"皇甫平"文章，北京一家不知名的小刊物就第一个发起无限上纲的"大批判"，指责"皇甫平"文章"必然会把改革开放引向资本主义道路而断送社会主义事业"。

到了8月份，北京一家知名大报和权威杂志也加入了进来，提出批判"庸俗生产力观念""经济实用主义"等等。

9月中旬，北京有位大报社社长突然跑到上海解放日报社，要找周瑞金谈话。

事先，周瑞金接到该报驻上海记者站记者的电话时，还摸不透这位社长为什么要来找自己谈，于是，就向上海市委主管领导汇报了此事。

上海市的领导听到汇报后，也感到蹊跷，因为市委并没有接到中央有关通知。因此，这位领导就打电话与中央有关负责部门联系，打完电话后才知道，那位社长来沪并无什么背景，纯属个人行为。

于是，市委领导就放心了，还交代周瑞金随机应变。

这位社长一来，就摆出一副官架子，用责问的口气问周瑞金："'皇甫平'文章是谁授意写的？"

周瑞金装糊涂："没有人授意，是我组织撰写的，第三篇文章还是报社一位老作者写的，我们作了修改发表的。"

听周瑞金这么一说，这位社长说："那我们误会了。"接着，这位社长便交代周瑞金，写一个文章发表经过的材料给他，并表示："回北京要向中央汇报，做做工作，以后不再批评你们了。"

当然，这不过是1991年这场交锋的一个小插曲罢了，更大的交锋还在后头，上海成为交锋的主战场。

在当时，一位中央领导同志来上海视察，在干部会上公然指责"皇甫平"文章影响很坏，把党内外的思想给搞乱了，好不容易刚把大家的思想统一到"计划经济为主，市场调节为辅"的提法上来，现在又冒出一个"市场经济"，这不是又把人们的思想搞乱了吗？

然而，正当周瑞金等人承受巨大压力的时候，事情的转机又出现了。

不久，又一位中央领导同志来上海视察，他在干部会上明确指出："不解放思想，很多事情先带框框、先定性、先戴帽，这就很难办。不要还没有生小孩，还不知道是男是女，就先起名字。"

在当时，最积极、最鲜明支持"皇甫平"文章的，是时任上海市委宣传部副部长的刘吉。

在周瑞金等人处境最困难的时候，刘吉明确表示"皇甫平"文章写得及时，写得好！

刘吉还对周瑞金等人说："有人说我是你们的后台，可惜你们写文章时我并不知道，当不了后台。"

当时，上海市委领导理解周瑞金等人的处境，悉心保护他们，指示淡化处理。

1991年4月23日，周瑞金以报社总编室名义给市委写了一个报告，详细解释了文章组织及发表的过程、北京及全国各地理论界的反应等。

当时，上海市委3位主要负责人批阅了报告，他们没有批评文章本身的内容，只是对文章发表的程序、事先没有送审提出了意见。

也就在这个情况下，刘吉将"皇甫平"文章及那些批判材料，送给了邓小平身边的一位同志，请其转交给邓小平审阅。

1991年下半年，在很多报纸的指责下，周瑞金等人仍然继续坚持宣传邓小平的讲话精神，表明没有放弃"皇甫平"的主张和观念。

在当时的情况下，周瑞金等人虽然受到了各种各样的指责，但无疑，他们的作用是巨大的。每一个明白事理、了解事情的中国人都能够认识到周瑞金等人的观点无疑是正确的。

而很多原来不明白真相的人，也通过"皇甫平"的文章，了解到了改革开放的重大意义。

因此，署名"皇甫平"的文章对私营经济、对改革开放乃至对整个中国改革开放的历程都产生了重要影响。

中央领导支持私营经济

1991 年前后，在全国掀起关于私营经济及改革开放姓"资"姓"社"问题大讨论的时候，中央的很多领导也明确表示了支持。

1991 年春天，全国个体劳动者第二次代表大会暨第二次全国先进个体劳动者表彰大会，在北京人民大会堂隆重开幕。

在此次会上，多年从事经济工作的中顾委副主任、中国个体劳动者协会名誉会长薄一波作了讲话。

他向 549 名来自全国各地的个体劳动者代表们明确指出：

> 个体经济作为公有制经济的补充，在发展生产、繁荣经济、搞活流通、方便群众、安置劳动就业、增加国家财政收入等方面发挥了积极作用。
>
> 我可以告诉大家，你们不是"三等公民"。党中央制定的以公有制为主体、多种经济成分并存的政策，在相当长的时期内是不会变的。不要把加强管理、限制消极因素看做是政策变了。党的十三届七中全会通过的《关于制定十

年规划和"八五"计划的建议》，再次重申了允许和鼓励其他经济成分，包括个体和私营经济适当发展的方针。

只要你们遵纪守法，按章纳税，按章经营，善于经营，发展生产，搞活流通，就是好样的！我希望你们要热爱自己的事业，自尊、自爱、自信、自强，维护个体劳动者的整体荣誉。个体经济不是发展多了，而是还不够。

此后，在中华全国工商业联合会第六届执行委员会第四次会议上，中共中央政治局委员、国务院副总理田纪云到会讲话。

田纪云说：

改革开放以来，作为公有制经济的有益补充，我国非公有制经济有了适当的发展。目前，非公有制经济在整个国民经济中所占的比重虽然不大，但对整个社会经济生活的影响和作用不能忽视。

田纪云强调：

非公有制经济的存在和发展是由我国现阶段生产力发展水平所决定的，要允许其适当发展。正如中央指出的，对现在的私营企业主，不要像50年代那样对他们进行社会主义改造，而是对他们进行团结、帮助、引导、教育，这是我党对待非公有制经济成分的一项基本政策。

田纪云认为：

个体、私营的经济是公有制经济的补充，应当发挥其积极作用，限制其消极作用，加强管理和引导。

时任中共中央政治局候补委员、书记处书记、统战部部长的丁关根指出：

工商联是在党领导下，主要做非公有制经济代表人士的思想政治工作，成为党和政府联系他们的桥梁，政府管理非公有制经济的助手，这是历史赋予工商联的光荣而艰巨的任务。

丁关根指出：

对非公有制经济代表人士进行工作的基本方针是：团结、帮助、引导、教育，不是像50年代那样搞社会主义改造。这是我们在工作中必须掌握的政策。

在中央领导同志的支持下,在广大私营经济经营者的辛勤劳动下,私营经济取得了很大的发展。当时,我国个体劳动者已有2000多万人,占全国工业总产值的2.69%;营业额达1492亿元,其中商品零售额1270亿元,占社会商品零售总额的15.3%。

与之相适应,全国个体劳动者一年向国家缴纳税金145亿元,"七五"期间共缴税482亿元,占全国工商税的5.36%。

同时,靠私营经济和个体经济发展起来的广大个体劳动者还为国分忧,为民解难,认购国库券达10.49亿元,为社会捐献4.18亿元。

1990年,第十一届亚运会在北京举行,私营经济经营者及个体户捐款2050万元,建起了"光彩体育馆"。

在这一时期,坚持公有制为主,多种经济成分并存,使我国个体、私营经济获得了长足的发展,这对于繁荣市场、活跃经济、增加就业、方便人民生活有着重要的作用。

私营经济的飞速发展,在客观上也需要获得中央的彻底认同,消除私营经济经营者的后顾之忧。

三、迅猛发展

● 邓小平高兴地说:"改革开放是大势所趋,得到了全党、全国人民的拥护。"

● 出租汽车公司副总经理高宏治说:"与其等到将来被精简,不如现在下海早做准备。"

邓小平南行支持改革

1992年1月17日,一列从北京站发出的列车悄无声息地驶出了站台。

这是一趟没有编排车次的专列,它开出北京,向南方大地驶去,具有历史意义的南行讲话由此拉开帷幕。

原来,这列火车是邓小平的专列。邓小平再次南下,在夫人、女儿和杨尚昆的陪同下,从1月18日到2月21日开始他的武昌、深圳、珠海、上海之行。

在视察中,邓小平对有关改革开放的政策和理论作了系统阐述。"南方谈话"成为当年召开的党的十四大的主题,并使大会确定经济体制改革的目标是建立社会主义市场经济体制。

1月19日,列车到达深圳特区。

看到深圳的巨大变化,邓小平发表长篇讲话。他高兴地说:"改革开放是大势所趋,得到了全党、全国人民的拥护。"

针对一段时间以来姓"社"姓"资"的争论造成改革开放难以开拓新局面的现状,邓小平说:

改革开放迈不开步子,不敢闯,说来说去就是怕资本主义的东西多了,走了资本主义道路。要害是姓"资"还是姓"社"的问题。判断的标准，应该主要看是否有利于发展社会主义社会的生产力，是否有利于增强社会主义国家的综合国力，是否有利于提高人民的生活水平。

邓小平提出的"三个有利于"标准，一下子驱散了姓"社"姓"资"的争论造成的阴霾，给了人们一个辨别是非的锐利武器。毫无疑问，发展个体、私营经济，是符合"三个有利于"标准的。

在南方谈话中，邓小平以深刻的智慧和巨大的理论勇气，冲破禁区，提出社会主义也可以搞市场经济，从而解决了困惑中国多年的难题，为中国经济体制改革确定了新的目标模式。

在邓小平提出这一创见之前，全世界都认为，社会主义就是计划经济，资本主义才是市场经济。

以前斯大林这样认识问题就不必说了，连哈耶克这样的西方大思想家也持这样的观点。邓小平把这一个"铁律"打破了。

其实，世界各国的实践都说明，计划经济不利于促进生产力持续地、高效地发展。

大千世界，芸芸众生，每个消费者的境遇、要求不同，接触的信息和追求的目标各异。人们对相互之间的需求所知甚少，甚至一无所知。

这千差万别的需求，是不可能计划出来的。只有通过市场交换系统，才能得到满足与协调。

一旦个体需求在某种契机下广为重合，一种基于灵敏反应的复杂的产销系统就会在市场催动下形成，大量相应的商品与服务项目就会泉涌而出，以满足蜂拥而来的个体需求，并实现自身的导向与价值。

邓小平正是对大量经济现象进行了多方面的、深入的、实事求是的思考，才得出了正确的结论。他果断地提出：

> 计划多一点还是市场多一点，不是社会主义与资本主义的本质区别。计划经济不等于社会主义，资本主义也有计划；市场经济不等于资本主义，社会主义也有市场。计划和市场都是经济手段。

在南方谈话中，邓小平对社会主义的本质、社会主义的发展问题作出了精辟的概括。他以紧迫的责任感，催促广大干部群众要有一股敢"闯"敢"冒"的劲头，抓住历史机遇，推动改革开放大步前进。

邓小平形象地说：

> 改革开放的胆子要大一些，敢于试验，不能像小脚女人一样。看准了的，就大胆地试，

大胆地闯。深圳的重要经验就是敢闯！

停顿了一下，邓小平铿锵有力地说：

没有一点"闯"的精神，没有一点"冒"的精神，没有一股气呀、劲呀，就走不出一条好路，走不出一条新路，就干不出新的事业。

这就解开了"两种改革观"的羁绊，解除了那些禁锢人们思想的紧箍咒。

在发展个体、私营经济的问题上，当然也应当本着这样一种大胆地闯、大胆地试的精神，向前开拓。

关于有人担心个体、私营经济的政策遭到质疑，并可能发生波动的问题，邓小平在南方谈话中用"傻子瓜子"这一富有标志性的个案，巧妙地化解了大家的忧虑。

邓小平从改革开放大局出发，举重若轻，一语破的："农村改革初期，安徽出了个'傻子瓜子'问题。当时许多人不舒服，说他赚了100万，主张动他。我说不能动，一动人们就会说政策变了，得不偿失。"

邓小平继续说道："像这一类的问题还有不少，如果处理不当，就很容易动摇我们的方针，影响改革的全局。城乡改革的基本政策，一定要长期保持稳定。"

邓小平的这番话给全国个体、私营经济的创业者和从业者吃了一颗定心丸。

邓小平在南方谈话中对一系列重大问题的回答，是改革开放和现代化建设实践在理论上的重大突破。

邓小平南方谈话的要点在1992年春节传出之后，犹如"邓旋风"从南方刮起，迅即传遍全国。

广大干部群众奔走相告，人们喜上眉梢。这一年春节人们拜年时，邓小平南方谈话成了最热门的话题。

春节之后，南方谈话正式传达，在党内外、国内外继续引起强烈反响和巨大震动。从中央到地方，形成了学习、贯彻、落实南方谈话的朝气蓬勃的景象。

东方风来满眼春。在一段时间内遭遇困扰，受到压力的个体、私营经济，在邓小平南方谈话中获得了新的生命，汲取了新的力量。这就犹如受到阻遏的激流，积蓄了新的能量，一下子冲越了礁石险滩，顺流而下。

1993年，私营企业迅速走出低谷，超过了1988年的水平，达23.7万家。

邓小平南方谈话为党的十四大的召开，准备了条件。8个月后，备受瞩目的党的十四大召开了。

私营经济地位进一步提升

1992年10月,首都北京秋风送爽,蓝天白云下,盛开的菊花把古老的北京装点得姹紫嫣红。

10月12日,在这个金秋时节,举世瞩目的中国共产党第十四次全国代表大会在北京隆重召开了。

参加这次大会的正式代表1989人,代表全国5100万党员。开幕式由李鹏主持。

在此次大会上,江泽民作了重要报告。在报告中,江泽民高度评价邓小平南方谈话,总结了邓小平建设有中国特色社会主义理论的主要内容,并明确指出"左"倾思潮对改革开放的危害。

江泽民在报告中说:

加快我国经济发展,必须进一步解放思想,加快改革开放的步伐,不要被一些姓"社"姓"资"的抽象争论束缚自己的思想和手脚。

…………

在所有制结构上,以公有制包括全民所有制和集体所有制经济为主体,个体经济、私营经济、外资经济为补充,多种经济成分长期共同发展,不同经济成分还可以自愿实行多种形

● 迅猛发展

式的联合经营。

党的十四大报告给姓"社"姓"资"的争论画上了句号。此前，1987年召开的党的十三大，说私营经济是公有制经济"必要的和有益的补充"。

到了党的十四大，除了沿用"补充"之外，新加上了"多种经济成分长期共同发展，不同经济成分还可以自愿实行多种形式的联合经营"。

这就实现了两点突破：

一方面是"共同发展"淡化了"补充"的配角意味，使其他经济成分的地位得到了一定的提升。

另一方面，"联合经营"打通了公与私。过去，公有制经济与私营经济泾渭分明，犹如水火不相容。如今允许自愿联合经营，公与私之间的雷池打破了。因此，党的十四大报告使私营经济的地位比党的十三大时又提高了，这是党的十四大取得的突破。

大会的最后一天，改革开放的总设计师邓小平来到会场。此刻，邓小平身穿灰色中山装，精神矍铄，他一边迈步，一边向代表挥手致意。

顿时，会场内外一片沸腾。2000多位代表和新当选的中央委员用热烈的掌声欢迎这位老人，感谢他在历史关键时刻高明的指引，感谢他对推进中国现代化作出的巨大贡献。

邓小平微笑着走了一圈，看看大家，讲了一句话：

"这次大会开得很好,希望大家继续努力。"

这句话是邓小平对大会决议的高度认可,也体现了邓小平对大家的殷切希望。

党的十四大结束之后,1993年3月29日,第八届全国人民代表大会第一次会议通过了宪法修正案,将社会主义市场经济写入宪法,实现了新的突破。

宪法第十五条原文:

> 国家在社会主义公有制基础上实行计划经济。国家通过经济计划的综合平衡和市场调节的辅助作用,保证国民经济按比例地协调发展。禁止任何组织或者个人扰乱社会经济秩序,破坏国家经济计划。

修改为:

> 国家实行社会主义市场经济。国家加强经济立法,完善宏观调控。国家依法禁止任何组织或者个人扰乱社会经济秩序。

社会主义市场经济的提出,为私营经济的发展提供了强有力的支持,从此私营经济开始进入迅猛发展阶段。

各地积极发展私营经济

1992年,邓小平南方谈话后,全国对私营经济的顾虑消除了,私营经济开始在全国再次蓬勃发展起来。

然而,正当全国各地乘着改革开放的东风,快马扬鞭、奋力发展的时候,地处中原的河南省却传出令人失望的信息:

个体经济和私营企业数量当年1至5月分别比去年同期下降3.7%和8.5%。

对此,河南省委、省政府非常重视,他们积极和有关部门开始查"病情",找"病根"。

个体、私营经济为何下降?省工商局发放了12万份问卷,挨个调查了近两年关门的1260家私营企业,与4200多个个体工商户举行了70多次座谈会。

最后,调查得出的结论是:落后的思想是个体、私营经济发展的主要障碍。其突出表现在,许多领导干部口头上表示要发展个体、私营经济,思想上的"恐资症"却根深蒂固,因而对个体私营经济的发展采取"宁左勿右"的态度,明令的政策不落实,反映的困难不理会,私营经济遇到困难更是不闻不问。

在有些地方，甚至规定不准个体、私营企业在专业银行开户，还有些地方举办产品展销会、物资交流大会，竟明文不让私营企业参加。在管理上对待个体、私营经济是"宁严勿宽"，唯恐不狠。

同时，对私营经济的阻碍还有滥收费现象。通过对532家私营企业的调查，光摊派、收费的项目就达50多种，数量比正常税收多1.2倍。

还有些乡镇以"壮大"集体经济为名，强行把一些效益好的私营企业划归集体。

"病因"找到了，河南省委、省政府形成共识：

> 必须要纠正这些错误观念，为个体和私营经济发展扫清道路，促进私营经济迅速发展。

因此，一时间，在河南全省进一步解放思想，坚决纠正错误思想的影响，成为扭转个体、私营经济下降局面的当务之急。

6月初，河南省政府颁发了促进个体、私营企业稳定健康发展的文件。同时，对已不合时宜的13个文件予以废止和修改，并从放宽个体私营经济开业条件、放宽生产经营、减轻企业负担等方面，制定了明确的政策和法规。

在完善法律法规的同时，河南省委、省政府还要求各职能部门认真对照有关政策，转变职能，为个体、私营经济发展办实事，排忧解难。

对各地有关部门故意刁难、歧视私营经济的做法，河南省委、省政府明确表示要坚决予以纠正。对利用职权，进行吃、拿、卡、要的恶劣行径，发现一起，查处一起，绝不姑息。

在河南省委、省政府的大力整顿下，河南私营经济开始走上了快速发展之路。

在河南私营经济发展走上正轨之时，私营经济发展较好的浙江也开始采取措施，促进本省私营经济的快速发展。

当时，历经10多年的发展，个体、私营经济已成为浙江国民经济中一支不容忽视的重要力量。

私营经济的发展，使浙江各级政府再次认识到，个体、私营经济不仅具有增加生产、活跃市场、扩大就业、提供税收、满足人们多方面的生活需要等作用，而且还是改变我国农村落后面貌，实现农村现代化的一支重要力量。

但是，当时在浙江的很多地方，制约私营经济的各项政策和观念还很多，各级干部歧视和刁难私营经济的现象时有发生。

在浙江宁波的一个村庄，由于村子靠近市区，农民没有多少地可以种，就都想办法到市区做些生意，何权就是他们中的一员。

何权来到宁波市卖炒货，没几年就把生意做大了。

他就把他的堂弟、侄子全叫去给他帮忙，发给他们一点工资。

然而，这个村的村长却是个"顽固派"，虽然这时中央已经同意私营经济存在，但他不能接受。因此，村长知道何权雇用人干活的事后，就跑到市里找到何权，令他解散雇用的人。

何权明白国家的政策，就和村长理论起来，最后谁也没有说服谁，村长一气之下就回家了。

没有想到村长回家后，就让村里的小学赶走了何权家的孩子，不让他们在学校上课。村长还宣布，如果何权不解散雇工，以后村里的很多政策都不会让他享受。

于是，何权害怕了，只好让雇来的几个人都回家了。

在当时，像何权这种情况的还有很多，各地对私营经济的抵制，已经大大制约了浙江经济的发展。

因此，在党的十四大精神的鼓舞下，在私营经济有很大好处的推动下，浙江开始采取多项措施，来促进私营经济发展。

针对私营经济就业人员的不足，浙江各地采取了进一步放宽从业人员条件的措施。

当时，有些地方就明确规定：凡是农民、城镇待业人员，停薪留职或辞职和退职人员、离退休人员，均可以依法申请从事个体、私营企业的生产经营活动；允许科技人员、企事业单位现职人员和经批准的行政机关人员，在确保不影响本职工作和单位利益的前提下，利用工余时间从事第二职业的经营活动，并核发临时营业执照。

浙江的这些放宽就业条件的规定，无疑具有开创性，它使大批的农民拥向了城市，它使很多无业人员、对现有工作不满的人员，开始进入私营经济，从而为私营经济的发展提供了一大批生力军。

为了加快个体、私营经济的发展，浙江各地还注重改革工商行政管理体制，减少审批环节，简化登记手续。对申请从事个体、私营企业经营的人员只要凭居民身份证，就可以到工商行政管理部门申请办理个体、私营企业登记，而一概取消其他不必要的手续。

审批环节的减少，登记手续的简化，为私营经济的发展提供了巨大便利。

同时，浙江各地还大胆放宽个体、私营企业的生产经营范围和生产经营方式。

当时，浙江有些地方就明文规定，除国家明令禁止或限制个体、私营企业经营的行业和品种外，都允许个体、私营企业经营。

在对待私营经济的规模上，浙江各地积极鼓励个体、私营企业扩大生产经营规模，允许一业为主，兼营其他；还鼓励个体、私营企业与外商开展合资、合作经营，发展外向型经济。

同时，浙江各地对个体、私营企业还从资金、信贷方面予以扶持。

有了这些政策的支持，浙江的私营经济发展迅速，直至今日，浙江的私营经济仍在中国占据着重要的一席之地。

1992年，齐鲁大地山东省受国家政策及兄弟省份的影响，也开始采取一系列有利于个体、私营经济发展的政策，使个体、私营经济成为一支不可替代的重要经济力量。

在山东省委、省政府的号召下，山东各地都放宽了鼓励个体、私营经济发展的政策。

各级工商行政管理部门，很快就发布文件70多个，主要内容包括：除国家明令禁止的行业、品种及专营、专卖的商品外，均允许个体业户和私营企业经营；专营、专卖商品出现滞销、积压或当地生产、生活急需时，经政府批准允许个体业户和私营企业经营；允许个体业户和私营企业跨行业、跨地区、跨所有制进行联合经营或成立私营企业集团，并鼓励其发展合资、合作、边贸经营，购买国营、集体中小型企业；鼓励辞职、退职、停薪留职人员、企业富余人员从事个体私营经济，企事业在职人员经批准可以从事第二职业；允许具备条件的私营企业挂省、市、区名称，使用企业集团的名称。

与此同时，在各地党委和政府的推动下，各级个协、私协还建立资金互助组织1280个，为个体私营业户融通资金40多亿元，从而在一定程度上，解决了部分个体和私营经济经营者的资金困难。

山东省在积极发展个体、私营经济的同时，还加强了对个体私营业户的管理，教育他们做文明守法户，积极引导他们走上合法经营之路。

在这些政策的鼓励下，山东的个体与私营经济取得了飞速发展。到1992年底，个体、私营经济已渗透到生产、流通、分配、消费等经济运行的各个环节，分布于工业、商业、交通运输业、服务业等各个领域，在发展生产、搞活流通、扩大就业、方便群众等各个方面发挥了越来越重要的作用。

与河南、浙江、山东一样，一时间，全国各地都采取经济措施，鼓励私营经济发展，为私营经济发展创造各种有利条件。

从此，私营经济在各地政府的推动下，如鱼得水，如龙归海，形成了不可阻挡的发展势头。

中国再次涌现下海经商潮

1992年,邓小平的南方谈话,党的十四大对私营经济的新突破,这股改革的春风迅速吹遍了祖国的大江南北,催生了许多新生的事物。

20世纪90年代有名的"下海潮",就是这股改革春风的产物,而这个"下海潮"对中国私营经济的影响无疑是巨大的。

所谓下海,就是指当时大批政府工作人员和知识分子改换身份,投身私营工商界的行为。这是因为传统中国一直歧视商人,商的地位被排在最后。因此,"下海"这个词还隐隐含有从高就低的意蕴。

同时,中国地域广阔,人口稠密,把遍布中国的个体、私营工商业称作大海,也是很形象的。

其实,自20世纪80年代初期起,就有人下海。不过,80年代下海的人数毕竟不多。

邓小平南方谈话之后,随着中央对私营经济政策的变化,随着个体、私营经济政策的稳定和从业人员地位的提高,下海潮再度掀起。

"下海之前怕下海,下海方知海中妙。"这是1992年下海潮时非常流行的一句话。

在当时,机关人员是这批下海潮的生力军。他们辞职后经商办企业，有着自己的优势。

一方面他们熟悉各项政策，眼界开阔，信息灵通。同时，他们还具有知识层次高、分析能力较强等特点。市场竞争归根到底是人才的竞争、知识的竞争。

因此，在这批下海潮中，机关工作人员人数很多，他们中很多人后来都取得了巨大的成功。

当然，拥向这股下海潮的还有大批知识分子，他们有的来自科研院所，有的是大专院校的老师，还有的就是刚毕业的大学生、研究生。

1992年，74岁的复旦大学教授、著名经济学家蒋学模成了学者下海队伍中的一员，他开始经营公司了。

这位教授的《政治经济学》曾是中国两代人的必读教程，他的下海在知识界引起了不小的反响。

蒋学模开办的公司，由11名学者集资3万元创建。为此，蒋学模还为他公司的诞生写下了《还是下海好》一文。同时，蒋学模借鉴美国兰德公司的名字，给自己的公司取名为"复兰德经济顾问行"。

与此同时，伴随下海潮的还有大学生就业观念的改变，大学毕业生过去以进入国家机关为第一志愿。到了1992年，这种求职顺序改变了。

顾青是1992年上海同济大学毕业的高材生。当年，他放弃了去德国做驻外人员的机会，投奔当时刚起步的私营企业乐百氏公司。

当时，乐百氏创始人何伯权也就30多岁，没有给顾青许什么愿，只讲创业的艰难，让顾青这样的年轻人到第一线去独当一面。

就是这种干事业的激情和朝气感染了顾青这样的年轻人。1992年，全国高校有50多个毕业生跟着何伯权上了广东。

这里有北大、人大的毕业生，光是顾青在同济大学经济管理学院的同班同学就去了4个，在乐百氏一干就是7年。后来顾青做到了乐百氏武汉公司总经理。

当时，下海非常流行。《人民日报》曾经有一篇《形形色色的下海人》专门记录了下海潮：

踏上公共汽车，走进办公室，以至于在家门口，人们都可以听到关于下海的议论。

为何要下海？下海有什么魅力？还是让我们听听"下海人"的自述吧！

与其抱怨，不如去干

前两年，有这样一句顺口溜："北京人侃，上海人怨，东北人看，广东人干。"如今，大家都在学广东人，想下水试试深浅。

在北京西单百花市场，北京啤酒厂一位"业余摊主"说：前些年，眼睁睁看着一些社会闲散人员都发了财。而我们这些身强力壮的小伙子干一个月，还不如他们两三天赚钱多，心里那气就别提了。于是，就发牢骚骂社会分配不公。可骂了几年，没把人家骂穷，更没把自己骂富，现在明白了，发牢骚，只能找气生。与其抱怨，不如趁早干。

记者问"北啤"的那位小伙子，现在下海你不觉得有点晚了吗？

"是晚了点，可这趟车再错过，后悔更没地方了。"小伙子答道。

在某合资企业兼职的一位大学老师说：现在是下海的好机会，前两年政策的一个突出特点是管。下海的人感到赚钱不易，不少人甚至觉得投资经商冒险，不如存款保险，不如吃"大锅饭"省劲。有些个体户把钱存入银行，吃起了利息。现在政策的突出特点是放，鼓励人们把经济搞活，大伙儿看到赚钱的机会又多了，下海的人自然就多了。

一次座谈会上，一位年过花甲的私营业主说："五六十年代是精神第一，追求物质享受被看成是资产阶级的生活方式，如今，大伙拼命往'海'里奔。"

住房、医疗、教育、社会保障制度改革，无疑将增加人们的开支，也强化了人们挣钱的愿望。

价值观变了

一位曾当过记者的某合资公司经理说：以

前，许多青年人认为只有当作家、科学家、艺术家，或者当大官，人生才有价值，才会得到社会的承认和尊重。

现在，人们觉得赚钱和出书、写文章、搞科学发明、进行艺术创作一样有社会价值，一样光荣。赚钱已不仅仅是一种手段，许多人把它当做奋斗目标和理想，在赚钱过程中体验到了奋斗的价值和乐趣。

一位原是木工的个体店主说："我没有文凭，工作每天就是重复。在工厂已很少有改变命运的可能。下海后，虽说风险大了，可是生活画面总是变的，竞争逼着我学习经营知识，商品经济发展使人生选择的机会多了。今后我可能破产，变得一贫如洗，也可能成为百万富翁、大企业家。现在奋斗虽很艰难，可总有一种希望在吸引着我不断地努力。"

我愿意带头放弃公职

43岁的辽宁省委政研室处长邵长权，5月份组织上派他担任鞍山市某区委主要领导职务，一到鞍山他却向市委提出"不再往官路上挤，志在发展经济的主战场上一显身手"的要求。邵长权说他办实业的目的，是把多年政策研究积累的理性认识应用于经济运行的实践，为深化改革，转换企业机制做一些有益的探索。

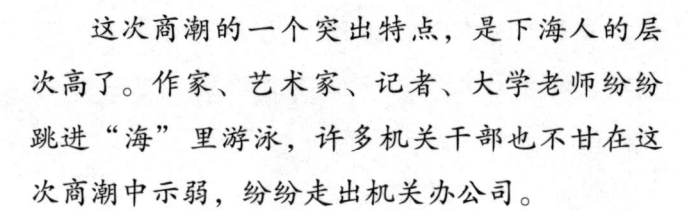

这次商潮的一个突出特点，是下海人的层次高了。作家、艺术家、记者、大学老师纷纷跳进"海"里游泳，许多机关干部也不甘在这次商潮中示弱，纷纷走出机关办公司。

某机关开办的出租汽车公司副总经理高宏治这样说："小平同志南行讲话后，机关干部的危机感大了，大家心里明白，要深化改革，就要转变政府职能，精简机构，这是谁也无法阻挡的趋势。与其等到将来被精简，不如现在下海早做准备。"

他说："我原来是党委办公室的，也没有什么一技之长，要趁现在掌握一些适应未来的技能。"

夜幕降临，北京市朝阳区人才交流市场却依然热闹，一拨拨求职应聘的人带着渴求和希望来到了这里。市场一位工作人员介绍，来求职应聘的大多数都是想找第二职业。

在广东一家公司驻京办事处招聘栏前，记者与一位某针织公司的干部攀谈起来。他说，现在他每天的工作很轻松，所以想出来找点事干干。

与此同时，《人民日报》在另一篇《下海好》的文章里，也介绍了下海潮：

最近召开的全国科技情报工作会议透露，我国大多数科技信息机构将逐渐断"皇粮"，向以市场为导向的企业化科技服务型转变。有人称之为集体"下海"。

科技人员下商品经济之"海"，捕捉社会和经济效益之"鱼"，这个"海"下得好！

发展社会主义商品经济，是推动我国经济建设的重要杠杆。科技工作要面向并服务于经济工作，就必须置身于商品经济的汪洋大海之中。

因此，一方面，我们应该鼓励科技、教育等部门的一部分人员和单位"下海"，奔赴经济建设"主战场"。

另一方面，还要号召和动员有关部门的同志，关心和支持科技工作，情系"大海"，以促进科技"下海"、知识"下海"、智力"下海"……

"下海"，要有勇气放弃在职务、工资、待遇等方面的既得"好处"和"优越性"，甘冒风险。另外，还要谙熟"游泳"之道。

近几年来，一大批以不同形式下了"海"的有识之士，许多已崭露头角，发挥出自己的聪明才智，有的成为搏击风浪的弄潮儿。

俗话说，"海阔凭鱼跃"。投身于社会主义

商品经济发展的大潮之中，前程无量。

新的下海潮涌动之时，人们不再回避"钱"字。见面道一句"恭喜发财"成了口头禅。

在北京、广州等地，"恭喜发财"这句话大有代替"您吃了吗"这一传统问候语的势头。

1992年及以后的下海潮，从人才、资源等方面大大加强了个体、私营企业的实力，从而大大提高了私营经济从业队伍的素质，为私营经济的发展注入了活力。

从此，在下海潮的推动下，中国的私营经济走向了快速化、知识化的发展道路。

周卫军毅然扔掉铁饭碗

1993年,在辽宁鞍山钢铁学院基建办当主任的周卫军下海了。离开原本稳定的生活,辞职下海对已经36岁的周卫军来说,无疑是一个很痛苦的选择。

因为周卫军所在的单位领导一直对他很重视,而且他的专业在单位里也非常稀缺,周卫军心里清楚,在这里个人价值比较大,上升通道也存在,但是,对于不善于处理人际关系的周卫军来说,耗费成本来处理"向上爬"的过程中复杂的人际关系,对他来说是很痛苦的。

于是,在下海风潮初起的1993年,周卫军毅然地扔掉了铁饭碗,来到了万科集团在鞍山的分公司。

去过辽宁省鞍山市政府广场的人,都会对那个7万多平方米的鞍山万科东源大厦印象深刻。但是,很少有人知道这栋大厦差一点就成了烂尾楼。这就是周卫军下海后接触的第一个项目,也正是由于他的坚持和努力,才最终让这栋大厦没有烂掉。

东源大厦是一个价值3亿多元的项目,但股东当时却只有3000万元的资金,在没有市场支持的情况下,用3000万启动这样一个3亿的大厦是不可想象的。

不仅如此,东源大厦又是在1994年全国房地产市场一片萧条中开盘的。这些内外因结合在一起的结果可想而知。

事实上，东源大厦初一动工，公司就陷入了泥沼。由于这个耗资巨大的工程需要有大笔资金的不断投入，但由于无"米"下炊，工程多次面临停工的危险，公司更是负债累累。

工程面临资金困境最严重的一次，银行开设的6个账户，所有资金加在一起只有3万元。3万元如何支撑一个价值3亿元的项目？

在天天都有可能面对门前一排排债主的那段日子，周卫军几乎用上了所有的"原始"交易方式，采取用房子换钢材，用房子换砖，用房子换水泥，用房子换门窗。尽管如此，该楼盘的销售形势仍不乐观。

在那段时间里，作为万科公司鞍山分公司总经理的周卫军，在重压下，常常处于崩溃的边缘。

他曾一个人冒着细雨开车"钻"进位于鞍山市郊的千山。在云雾缭绕的山林中，周卫军试图逃避现实带给自己的迷茫，但最终还是被雷声惊醒，回到了现实中。

周卫军这个东北汉子，狠狠地对自己说："不行，还是要回去想办法！"于是他又重新投入到了那场恶仗中。

就这样，周卫军与自己的团队用一种"蚂蚁啃骨头的精神"，坚持到了1996年。那时，东源大厦已经开始了玻璃幕墙的工程。

就在这时，万科的董事长王石赴鞍山考察。而此时的周卫军正处于对未来彷徨的十字路口。这时的王石仿佛看透了他的心思，没有劝说，也没有安慰和鼓励，只是邀他第二天一起去爬千山。

第二天凌晨 3 时不到，两人就向千山出发了。对于已经去过千山多次的周卫军来说，起初他并没有对这次爬山想得过多，只是穿着一身休闲服就和王石一起出发了。

可他没有料到的是，王石这次带周卫军的爬山之路，是一条不同以往、无人走过的线路。

在布满荆棘的山路上，蝇蚊扑面，山不高，攀登却极其吃力。衣着的不便更是让周卫军狼狈不堪。他深一脚、浅一脚地跟在王石的后面，走在这崎岖的山路上，不料又迷了路。这时的周卫军就想一屁股坐在地上不走了。

然而，身边的王石只是不断地看地图找出路，脸上丝毫没有紧张和沮丧之情。看着王石的一举一动，周卫军暂时收起了准备放弃的念头，咬牙跟上了走在前面的王石。

周卫军记得，那次爬千山一共翻了 5 个山头，整整用了 12 个小时，两人才终于登上了山顶。

这时的周卫军已经是精疲力竭，但登顶的感觉却让他有一种重生的激动，眼前也豁然开朗了。

在下山的路上，他开始反思此次登山的前前后后，这其中有迷失的恐惧，也有遭遇蛇咬的担心，更有无力登顶的绝望。但正是"坚持"二字，让他最终体会到了成功的喜悦。

回到山下,王石意味深长地对周卫军说,"小周,干事业就像爬山一样,当你觉得上气不接下气,根本走不动时,一定要努力坚持下去。你现在要做的,就是坚持住,成功就在坚持一下的努力之中"。

正是这一段在周卫军看来是"最痛苦的磨难",培养了他"一种做事业的执著",更成为对他"影响最大的一段人生历程"。

1998年,经历了人生低谷但最终战胜自己的周卫军,在鞍山开始品尝到胜利的滋味。

就在鞍山公司开始有所成绩的时刻,周卫军却突然接到总部的一纸调令,让他前往沈阳担任沈阳万科总经理的位置。

接到安排,周卫军二话没说,简单收拾了行装后就直奔沈阳。然而,周卫军到了沈阳发现,在没有思想准备的情况下,从鞍山这个小城市一下进入沈阳这样的大城市,复杂的社会背景,包括人际关系和业务关系,都需要有效的承接。而万科在沈阳房地产市场的地位,并没有在鞍山那样有绝对的优势。

在这里,有国内地产界与"南王石"齐名的"北卢铿"的地产公司,即华新国际。

在已有强手挑战的情况下,周卫军和自己的团队承接了紫金苑项目。

没想到,周卫军这个项目做得非常成功。尽管第一年的销售没有超过华新，但第二年出现了很大的转机，不但在销售上超过了华新，利润也从第一年的1000万元上升到了1200万元。紫金苑项目加上之前的一个小项目，沈阳万科在当地市场的地位已经紧随华新之后了。此外，公司形象、产品形象、客户的满意度也开始在当地有了良好的口碑，品牌开始有了美誉度。

由于万科在沈阳声名鹊起，万科集团在全国的发展也成气候。1999年，周卫军拿到了当年沈阳最大的开发项目，即沈阳花园新城。

2000年，楼盘开始销售时，创造了当时的全国销售纪录，竟然在一天内卖了278套房子。这个项目也确立了沈阳万科在东北地区的霸主地位。

据悉，花园新城项目所在的东陵区政府给予了该项目极高的评价。他们说这个项目不仅增加了该区的税收，对区域经济发展作出了贡献，而且带动了周边的物流，改变了该区农业为主的人口结构。

因为有了花园新城项目，周卫军所在的沈阳万科公司当年就向集团贡献了4500万元的利润。于是，沈阳万科的利润额一下子超过了北京万科和天津万科，排在集团的第三位，第一是深圳万科，第二是上海万科。这无疑增强了集团在东北区域投资的信心。

于是，万科集团开始同意沈阳万科在东北进一步扩展疆域。

2001年，周卫军开始拓展长春市场。凭借万科在鞍山和沈阳的名气和声望,进入长春市场很顺利。长春市政府主动邀请了周卫军的团队。

之后,周卫军担当东北区域万科总经理的重任,于是他每个月都要在长春、大连、鞍山、沈阳四地奔波,工作内容几乎都是围绕着做规划,排工程周期,研究市场,听汇报,研究产品,做定位……

如果说鞍山的经历让周卫军体会了执著的意义,那么,沈阳的发展令周卫军感悟了市场智慧的真谛。他说,在鞍山工作的同事都是自己亲自招来的,有旧同事、朋友、亲戚,这些人都是铁了心和自己共患难的。而在沈阳的情况则完全不同,"沈阳是我职业化的真正开始"。

在沈阳,团队是陌生的,需要周卫军去磨合;市场是陌生的,需要周卫军去了解;政府的公共关系是陌生的,需要周卫军去建立。这个时候,周卫军才真正感觉到什么是职业经理,而职业经理的概念也是在沈阳真正建立起来的。

在向"职业人"转换的过程中,周卫军在沈阳做了一番事,这一段也是周卫军所谓的"人生最登峰造极的一段"。

本书主要参考资料

《国史全鉴》 本书编委会编 团结出版社
《共和国五十年珍贵档案》 中央档案馆编 中国档案出版社
《共和国经济风云》 赵士刚主编 经济管理出版社
《祖国礼赞——人民共和国五十年：华夏金秋》 柏福临主编 吉林大学出版社
《风云七十年》 郭德宏主编 解放军文艺出版社
《难忘这八年（1975—1982）》 程中原著 世界知识出版社
《转折：亲历中国改革开放》 吴思 李晨主编 新华出版社
《邓小平的最后二十年》 余玮 吴志菲著 新华出版社
《中南海三代领导集体与共和国经济实录》 王瑞璞主编 中国经济出版社
《改革开放搞活一百例》 北京日报总编室编 北京日报出版社
《改革开放30年重大决策纪实》 汤应武著 中共中央党校出版社
《大浮沉1987—1997中国改革风云人物追踪》 邢军纪等著 中国税务出版社